语文教材 快乐读书吧 入选书目

李四光科普作品精选

—名师解读版—

李四光 /著 莫国夫 /主编

浙江教育出版社·杭州

图书在版编目（C I P）数据

李四光科普作品精选 ： 名师解读版 / 李四光著 ；
莫国夫主编. -- 杭州 ： 浙江教育出版社，2021.11（2022.12重印）
（快乐读书吧）
ISBN 978-7-5722-0074-8

Ⅰ. ①李… Ⅱ. ①李… ②莫… Ⅲ. ①随笔－作品集
－中国－当代 Ⅳ. ①I267.1

中国版本图书馆CIP数据核字（2020）第052515号

责任编辑 董安涛　　美术编辑 曾国兴
责任校对 寿临东　　封面设计 张玉洁
责任印务 沈久凌

快乐读书吧
— KUAILE DUSHU BA —
李四光科普作品精选 | 名师解读版
LISIGUANG KEPU ZUOPIN JINGXUAN MINGSHI JIEDU BAN
李四光 /著　莫国夫 /主编

出版发行 浙江教育出版社
（杭州市天目山路40号　电话：0571-85170300-80928）
印　　刷 武汉市新华印刷有限责任公司
开　　本 880mm × 1230mm　1/32
成品尺寸 148mm × 210mm
印　　张 4.875
字　　数 97 500
版　　次 2021年11月第1版
印　　次 2022年12月第2次印刷
标准书号 ISBN 978-7-5722-0074-8
定　　价 16.80元

编委会

主编

莫国夫

编委

（以姓氏笔画为序）

丁圆伟　王铁青　孔垚丽　冯朱敏　朱丹蓉　李　萍

李　碧　吴淼峰　吴锡珍　沈梦佳　陈　晓　陈大川

林志明　罗丹红　周　颖　周叶萍　郑　亚　钟玲玲

徐　萍　唐光超　黄　照　章锡军　葛龙玲　鲍丹丹

臧学华

本册导读

陈大川

序

——多读书，好读书，读好书，读整本的书

阅读是一个人精神丰满和智力成长的重要源泉。阅读经历越丰富，越有利于其他文化学科的学习。“无限相信书籍的教育力量，是我的教育信仰的真谛之一。”著名教育家苏霍姆林斯基在其名著《给教师的建议》中指出，阅读可以丰富学生的精神世界，促进自我教育，开发培养智力，构建智力背景，减轻学业负担。养成阅读的兴趣，人们的终身学习能力才能培养起来。

阅读力是一个人的基础学力。《义务教育语文课程标准》强调：“要重视培养学生广泛的阅读兴趣，扩大阅读面，增加阅读量，提高阅读品位。提倡少做题，多读书，好读书，读好书，读整本的书。”国家统编语文教材总主编温儒敏先生曾多次强调阅读的重要性，如：“语文教学的本质还是多读书。”“听说读写，哪个最重要？读最重要。”

为落实“立德树人”的根本任务，国家对语文、思想政治、历史三科课程实施“统编统用”政策，把“大量阅读”作为编写语文教材的重要理念，打造了教材阅读与课外阅读并进融通的“大阅读”体系。在教材中设置了“和大人一起读”“快乐读书吧”等栏目，促使课外阅读成为课程和教材的有机组成部分。

这套《快乐读书吧》丛书，应统编小学语文教材的全面使用而生。丛书全面收录了“快乐读书吧”中要求学生阅读的经典书目，并增补了部分经典作品。

为更好地推进课外阅读课程化，提升学生阅读兴趣，提高阅读成效，编者根据小学生阅读整本书过程中普遍存在的问题，有针对性地研制了一套契合小学生整本书阅读的助读系统。

如在正文中插入“小泡泡”栏目，通过适当地在正文中穿插批注，或点拨，或发问，或引发，引领小读者聚焦关键之处。在兼顾学生阅读连续性的同时，培养学生与文本进行主动对话的意识，这与教材提倡的阅读目标一脉相承。

又如“名师解读小书签”的设置，围绕一本书的阅读，通过若干书签进行阅读活动的创意设计，让学生在阅读中留有一些痕迹，同时还兼顾了班级阅读成果的展示与交流的功能，为教师组织学生进行整本书阅读活动提供了便利。

再如“写一写推荐词”“粘贴阅读本书时的照片”的设置，充分体现了编者旨在通过整本书阅读，引领大家一起建设儿童阅读生活的前沿理念与实施策略。

这套书由知名特级教师、儿童阅读研究专家莫国夫老师担任主编，其主持的“儿童阅读力提升工程”曾入选“浙江省首批二十个教研工作亮点”。参与策划与编写的团队成员都是活跃在浙江各地的儿童阅读推广人，大多为特级教师、教研员、名师、名校长。这套书的出版，可谓是近年来浙江省整本书阅读推广成果的一次集中展示。

“三更灯火五更鸡，正是男儿读书时。”让学生在合适的时间遇上合适的书，引导学生在整本书阅读中学会阅读，爱上阅读，享受阅读的快乐！我想，这正是统编语文教材设置“快乐读书吧”的目的，也是出版社和名师们编写这套书的初衷。

滕春友，己亥年小暑子夜，于午潮山居

认识这本书

读一本书，尤其是科普书，我们首先应该了解下作者的学科背景。这本书的作者李四光是著名的地质学家、教育家、科学家、社会活动家，中国地质力学的创立者，中国现代地球科学和地质工作的奠基人。这本由大科学家写的科普书，精选了包括《看看我们的地球》在内的20余篇科普作品，作者李四光以文学随笔般的语言为我们讲述了许多丰富而有趣的地理知识。

你知道随着四季的更替，地球会在其轨道的位置上发生推移吗？你知道哲学家和物理学家是如何从热量的角度切入，提出对太阳年龄的猜想的吗？想了解这些地球的“秘密”，赶紧打开书本，阅读起来吧。

阅读小锦囊

这是一本科学家写的科普书，既有科普性，又有可读性。读这类书籍，我们要学会有针对性地带着问题和目的去阅读。

建议一边读，一边做笔记，将自己感到疑惑的问题写下来，阅读时看能否在文中找出相应的答案，或者通过查找资料等方式，在初步了解科普知识后再继续阅读，这样可以加深对文章的理解。

读完全书，你一定有很多问题，收集这些问题，请教老师或爸爸妈妈吧。

【温馨小提醒】享受阅读的同时，别忘了保护自己的眼睛哦！

目录

看看我们的地球

导读

地球是我们的家园，是围绕太阳旋转的八大行星之一。但你真的了解它吗？你知道岩石圈是什么吗？你知道地球的深处是什么样子吗？我们要怎样才能挖掘出地球内部的物质？读一读，找出这些问题的答案吧！

地球是围绕太阳旋转的九大行星之一（2006年，冥王星被除名，实际为八大行星——编者注），它是一个离太阳不太远也不太近的第三颗行星。它的周围有一圈大气，这圈大气组成它的最外一层，就是大气圈。在这层下面，就是有些地方是由岩石构成的大陆，大致占地球总面积的十分之三，也就是岩石圈的表面。其余的十分之七都是海洋，称为水圈。水圈的底下也都是岩石圈。不过，在大海底下的这一部分岩石圈的岩石，它的性质和大陆上露出的岩石的性质一般是不同的。大海底下的岩石重一些、黑一些；大陆上的岩石轻一些，一般颜色也淡一些。

通俗地讲，岩石圈的循环就是我们脚下的石头会进入地球内部变成岩浆，然后又通过火山喷发从地球内部跑出来，如此循环往复。

岩石圈不是由不同性质的岩石规规矩矩造成的圈子，而是在地球出生和它存在的几十亿年的过程中，发生了多次的翻动，原来埋在深处的岩石，被翻到地面上来了。这样我们才能直接看到曾经埋在地下深处的岩石，也才能使我们能够想象到岩石圈深处的岩石是什么样子。

随着科学不断地发展，人类对自然界的了解是越来越广泛和深入了，可是到现在为止，我们的观测所能钻进岩石圈的深度，顶多也还不过十几千米。而地球的直径却有12000多千米呢！就是说，假定地球像一个大皮球那么大，那么，我们的眼睛所能直接和间接看到的一层就只有一张纸那么厚。再深些的地方究竟是什么样子，我们有没有什么办法去勘察呢？有。这就要靠由地震的各种震波给我们传送来的消息。不过，通过地震波获得有关地下情况的消息，只能帮助我们了解地下的物质的大概样子，不能像我们在地表所看见的岩石一样那么清楚。

地球深处的物质，和我们现在生活上的关系较少。和我们关系最密切的，还是岩石圈的最上一层。我们的老祖宗曾经用石头来制造石斧、石刀、石钻、石箭等从事劳动的工具。今天我们不再需要石器了，可是，我们现在种地或在工厂里、矿山里劳动所需的工具和日常需要的东西，仍然还要从岩石圈获取原料。随着人类的进步，向岩石圈索取这些原料的数量和种类越来越多了，并且向岩石圈探察和开采这些原料的工具和技术，也就越来越进步了。

随着科学技术的发展，地球上越来越多的物质和能源被人类发现和利用。

最近几十年来，我们从岩石圈中相继发现了各种具有新的用途的原料。比如能够分裂并大量发热的放射性矿物，如铀、钍等类，我们已经能够加以利用，如用来开动机器、促进庄稼生长、治疗难治的疾病等。将来，人们还要利用原子能来推动各种机器和一切交通运输工具的发展，要它们驯服地为我们的社会主义建设服务。

这样说来，岩石圈最上层能够给人类利用的各种好东西是不是永远取之不尽的呢？不是的，岩石圈上能够供给人类利用的各种矿物原料，正在一天天地少下去，而且总有一天要用完的。

那么怎么办呢？一个办法，是向岩石圈下部更深的地方要原料，这就要靠现代地球物理探矿、地球化学探矿和各种新技术部门的工作者们共同努力。另一个办法，就是继续找寻和利用新的物质和动力的来源。热就是便于利用的动力根源。比如近代科学家们已经接触到的好些方面，包括太阳能、地球内部的巨大热库和热核反应热量的利用，甚至有可能在星际航行成功以后，在月亮和其他星球上开发可能被利用的物质和能源，等等。

关于太阳能和热核反应热量的利用，科学家们已经进行了较多的工作，也获得了初步的成就。对其他天体的探索研究，也进行了一系列的准备工作，并在最近几年中取得了一些重要的进展。有关利用地球内部热量的研究，虽然也早为科学家们所注意，并且也已做了一些工作，但是到现在为止，还没有步入大规模利用地热的阶段。

人们早已知道，越往地球深处，温度越加升高，大约每往下降33米，温度就升高1℃（应该指出，地球表面的热量主要是靠太阳送来的热）。就是说，地下的大量热量，正闲得发闷，焦急地盼望着人类及早利用它，让它也沾到一分为人类服务的光荣。

怎样才能达到这个目的呢？很明显，要靠现代数学、化学、物理学、天文学、地质学以及其他科学技术部门的共同努力。而在这一系列的努力中，一项重要而首先要解决的问题，就是要了解清楚地球内部物质的结构和它们存在的状况。

地球内部那么深、那样热，我们既然钻不进去，摸不着，看不见，也听不到，那么怎么能了解它呢？办法是有的。我们除了通过地球物理、地球化学等对地球的内部结构进行直接的探索研究以外，还可以通过各种间接的办法来对它进行研究。比如，我们可以发射火箭到其他天体去发生爆炸，通过远距离自动控制仪器的记录，可以得到有关那个天体内部结构的资料。有了这些资料，我们就可以进一步用比较研究的方法，了解地球内部的结构，从而为我们利用地球内部储存的大量热量提供可能。

在这些工作获得成就的同时，现时仍然作为一个谜的有关地球起源的问题，也会逐渐得到解决。到现在为止，地球究竟是怎样来的，人们做了各种不同的猜测，各人有各人的说法，各人有各人的理由。在这许多的看法和说法中，主要的要算下述两种：一种说，地球是从太阳中分裂出来的，原先它是一团灼热的熔体，后来经过长期的冷缩，固结成了现今具有坚硬外壳的地球。直到现在，它里边还保存着原有的大量热量。这种热量也还在继续不断地慢慢变冷。另一种说法，地球是由小粒的灰尘逐渐聚合固结起来形成的。他们说，地球本身具有热量，是由于组成地球的物质中有一部分放射性物质，它们不断分裂而且放出大量热量。随着这种放射性物质不断地分裂，地球的温度在早期可能渐渐升高，但到那些放射性物质消耗到一定程度的时候，就会逐渐变冷。

少年朋友们，从这里看来，到底谁对谁错，就得等你们将来成长为科学家的时候，再提出比我们这一代科学家更高明的意见。

我相信，等到你们成长为出色的科学家，以及跟着你们学习

对地球起源的研究，需要一代又一代人的努力。你准备好了吗？

的下一代和更下一代的年轻科学家们研究世界的时候，人们一定会掌握更丰富、更确切的资料，也将更广泛、更深入地了解地球本身和我们太阳系过去和现在的状况。这样，你们就有可能对地球起源的问题得出比较可靠的结论。

也可以相信，再经过多少年，人类必定会顺利地实现星际旅行的理想。那时候，一定会在其他天体上面发现许多新的生命和更多可以为我们所利用的新的物质，人类活动的领域将空前地扩大，接触的新鲜事物也将无穷无尽。这一切，都必定使人类的生活更加美好，使人类的聪明才智比现在不知要高多少倍，人类的寿命也会大大地延长，大家都能活到一百几十岁到两百岁或者更高的年龄。到那个时候，今天那些能够活到七八十岁的老人，在这些真正高龄的老爷爷眼前，他们也就像你们的老师在今天的老人前面一样，要变成年轻人了。

少年朋友们，你们想想，这么大的变化，多有意思啊！

我们不能光是伸长脖子，窥测自然界奇妙的变化，我们还要努力学习，掌握那些变化的规律，推动科学更快地前进，来创造幸福无穷的新世界。

从地球看宇宙

导读

我们今天所看到的天空，并不是天空今天真正的样子。你知道这是为什么吗？天文工作者用来衡量宇宙空间的距离单位“光年”究竟代表了怎样的含义？射电望远镜与普通望远镜又有什么区别？在文章中勾画出这些问题的答案吧！

在宇宙空间中，分散着形形色色的天体和物质，它们都在运动，都在变化。就某种特定的形态而言，有的正在生长，有的达到了成熟的阶段，有的已经消逝。我们今天看到的宇宙，是其中每一团、每一点物质，在有关它们各自历史发展过程中的一个剖面的总和。这个总和，不仅具有空间的意义，而且具有时间的意义。其之所以具有时间意义，是因为分布在宇宙空间中的天体和物质，有的距我们比较近，有的很远很远。尽管光的速度很快，可是这些光传递到地球需要长短不等的时间。因此，我们在同一时间，通过它们各自发出的辐射所获得的印象，是前前后后相差很远很远的时间的印象合起来的一幅图像，在这段相差很远很远的时间中，不但恒星、星系等的形象有所变化，它们彼此的相对位置，在几十万年甚至几万年中，也大不相同。可以断定，今天我们所见到的天空的面貌，不是天空今天真正的面貌，有的已成过去，有些新生的东西，还要等待很久很久以后，才能在地球上看见。

天文工作者用来衡量宇宙空间距离的单位之一是光年。光的速度每秒2.997925×10^5千米（约30万千米/秒），一年的时间内光的行程叫作一光年，即9.46×10^{12}千米（近10万亿千米）。近代天文工作者们用来观察宇宙的工具，有各种类型的望远镜，其中有大型反射镜，还有各种特制的光谱分析仪，可以用来测量发光天体的温度、组成物质和运动状态等。最近20年来，射电望远镜发展很快，这种工具的设计和使用，已经成了一项专业，叫作射电天文学。射电望远镜实际上并不是什么望远镜，而是装上了特殊形式天线的无线电波接收器。第二次

光年是天文学上计量天体之间距离的长度单位，一光年即是光在真空中传播一年经过的距离。

世界大战的后期，已经有人利用雷达装置侦察来袭的飞机和导弹。现在的射电望远镜，就是在雷达接收装置基础上发展起来的。射电望远镜能探测的电磁波范围和光学望远镜不同，所以它不能代替光学望远镜所能做的工作。

天文工作者们使用这些工具探索宇宙物质形态和运动已经多年了，他们逐步摸索出来一些观测和研究方法，获得了一些比较可靠的成果。

最近，宇宙飞行技术的发展，对天体，特别是对我们太阳系成员的研究（包括行星、卫星和彗星），提供了新的途径，发挥了其他方法所不能起到的作用。对于恒星的观测，也起到了某种作用，因为在地球大气之外，能接收和分析那些被地球大气过滤掉而不能到达地面的X射线、γ射线、远紫外辐射等。

地球年龄“官司”

导读

我们居住在地球上，地球是我们共同的家园。同学们有没有想过地球到底有多少岁了呢？读一读，看看在人类文明发展的历史进程中，有哪些关于“地球年龄”的猜想，人们又是从什么时候开始正视这个问题的呢？

地球的年龄，并不是一个新颖的问题，在那上古的时代早已有人提及了。例如迦勒底人的天文学家，不知用了什么方法，算出世界的年龄为21.5万岁。波斯的琐罗亚斯德一派的学者说，世界的存在只限于1.2万年。中国俗传世界有12万年的寿命。这些数目当然没有什么意义。古代的学者因为不明自然的历史，都陷入一个极大的误解，那就是他们把人类的历史、生物的历史、地球的历史，乃至宇宙的历史，当作一件事看待。意谓人类未出现以前，就无所谓宇宙，无所谓世界。

中古以后，学术渐渐萌芽，荒诞无稽的传说渐渐失去信用。然而公元1650年时，竟有一位有名的英国主教厄谢尔，曾大书特书，说世界是公元前4004年被创造的！这并不足为奇，恐怕在科学昌明的今日，世界上还有许多人相信上帝只费了6天的工夫，就造出我们的世界来了。

从18世纪中叶到19世纪初期，地质学、生物学与其他自然科学统一步调，向前猛进。德国出了维尔纳，英国出了赫顿，法国出了布丰、拉马克以及其他著名的学者。他们关于自然的历史，虽各怀己见，争论激烈，然而在学术上都有永垂不朽的贡献。再后来，英国的生物学家达尔文、华莱士、赫胥黎诸氏，将生物进化的学说公之于世。于是，一般的思想家才相信在人类出现以前，就已经有了世界。那无人的世界，又可据生物递变的情形，分为若干时代，每一时代大都有陆沉海涸的遗痕，地球历史之长，可想而知。至此，地球年龄的问题，始得以正式成立。

随着科学的进步，地球的年龄可以被估算出来了。

就理论上说，地球的年龄应该是地质学家必须面对的一个大问题，然而事实不然，赫顿以后，地质学家的活动，大半都限于局部的研究。他们对于一层岩石、一块化石的考察，不厌精详；而

> 地质学家和物理学家因为地球的年龄问题还曾经争吵过，这可太有趣了！

对过去年代的计算，都淡焉漠焉视之，一若那种的讨论，非分内之事。实则地质学家并非抛弃了那个问题，只因材料尚未充足，不愿多说闲话。待到开尔文关于地球的年龄发表意见的时候，地质学家方面始有一部分人觉得开尔文所定的年龄过短，他的立论也未免过于专断。这位物理学家非但不顾地质学上的事实，反而嘲笑他们。开尔文说："地质学家看太阳如同蔷薇看养花的老头儿似的。蔷薇说道，养我们的那一位老头儿必定是很老的一位先生，因为在我们蔷薇的记忆之中，他总是那样子。"

物理学家既是这样挑战，自然弄得地质学家到忍无可忍的地步，于是地质学家方面，就有人起来同他们讲道理。

所以地球年龄的问题，现在成了天文、地理、地质三家公共的问题。

天文学地球年龄的说法

导读

这一篇向我们介绍了一些从天文学的角度探讨地球年龄的说法。阅读文章，说一说，作者介绍了几种关于地球年龄的猜想，这些猜想的依据分别是什么？试着用自己的话复述出来。

1749年，丹索依据比较古今日食时期的结果，倡言现今地球的旋转，较古代为慢。其后百余年，亚当斯对于这件事又详加考究，并算出每100年地球的旋转迟22秒，但亚氏曾声明他所用的计算的根据不是十分可靠。康德在他的宇宙哲学论中曾说到潮汐的摩擦力能使地球永远减其旋转的速率，一直到汤姆逊的时代，他又把这个问题提起来了。汤氏用种种方法证明地球的内部比钢还要硬。他又从热学上着想，假定地球原来是一团热汁，自从冷却结壳以后，它的形状未曾变更。如若我们承认这个假定，那么由地球现在的形状，不难推测当初凝结之时它能保持平衡的旋转速率。至于地球的扁度，可用种种方法测出。旋转速率减少之率，也可由历史上或用别的方法求出。假若减少之率通古今不变，那么，从它初结壳到今天的年龄，不难求出。据汤氏这样计算的结果，他说地球的年龄顶多不过10亿年。但是他又说如若比1亿年还多，地球在赤道的凸度应该比现在的凸度要大，而两极应较现在的两极要平。汤氏这一回计算中所用的假定可算不少。头一件，他说地球的中央比钢还硬些。我们从天体力学上着想，倒是与他的意见大致不差；但从地震学方面得来的消息，就不能与此一致。况且地球自结壳以后，其形状有无变更，其旋转究竟是怎样的变更，我们无法确定。既然汤氏所用的假定有可疑的地方，那么他所得到的结果，当然是可疑的。

原来，海水的涨落会影响到地球的自转，据此可以计算出地球的年龄，天文学家真是太厉害了！

乔治·达尔文氏从地月系的运转与潮汐的关系上，演绎出一种极有趣的学说，大致如下所述：地球受了潮汐的影响，渐渐减少旋转能，是我们都知道的。按力学的原则，这个地月系全体的旋转能应该不变，今地球的旋转能既减少，那么月球在它的轨道上的旋转能应该增大，也就是说月球与地球之间的距离非增加不可。这样看来，愈到古代，月球离地球愈近。推其极端，应有一个时候，月球与地球几乎相接，那时的地球或者是一团黏性的液质，全体受潮汐的影响当然更大。据达氏的意见，地球原来是液质，当然受太阳的影响而生潮汐。有一段这团液质自己摆动的时期，恰与日潮的时期相同，于是因同摆的现象，摆幅大为增加，一部分的液质就凸出了很远，卒致脱离原来的那一团液质，成了它的卫星，这就是月球。当月球初脱离地球的时候，这个地月系的运转比现在快多了，那时1月与1日相等，而1日不过约与现在的3点钟相当。此后，每月每日的时间都渐渐变长了。

近来张柏林等考究因潮汐的摩擦使地球旋转的问题，颇为精密。他们曾证明大约每50万年便可使1天延长1分钟。这个数目与达氏所算出来的数目相差太远了。达氏主张的潮汐与地月运转学说，虽不完全，他所标出来地球各期的年龄，虽不可靠，然而以他那样的苦心积虑，用他那样聪明的数学天赋，发挥成文，真是堂堂皇皇，在科学上永久有他的价值存在。

天文理论说地球年龄

导读

你知道随着春分、秋分的到来，地球会在其轨道的位置上发生推移吗？你知道是谁第一个提出地球轨道的扁度变更与地球上气候有关的猜想吗？你知道在过去的地质时代到底有没有冰期循环吗？阅读文章找找答案吧。

在讨论这个方法以前，我们应知道几个天文学上的名词。

地球顺着一定的方向，从西到东，每日自转一次，它这样旋转所依的轴，名曰地轴。地轴的两端，名曰南北极。今设想一平面，与地轴成直角，又经过地球的中心，这个平面与地面交切成圆形，名曰赤道；与“天球”交切所成的圆，名曰天球赤道。因为天球赤道与地球赤道同在这一个平面上，所以这个平面统名曰赤道平面。地球一年绕太阳一周，它的轨道略成椭圆形。太阳在这椭圆的长轴上，但不在它的中央。长轴被太阳分为长短不等的两段，长段与地球轨道的交点名曰远日点，短段与地球轨道的交点名曰近日点。太阳每年穿过赤道平面两次。由赤道平面以北到赤道平面以南，它非经过赤道平面不可，那个时候，名曰秋分。由赤道平面以南到赤道平面以北，又非经过赤道平面不可，那个时候，名曰春分。当春分的时候，由地球中心经过太阳的中心做一直线向空中延长，与天球相交的一点，名曰白羊宫的起点。昔日这一点在白羊宫星宿里，现在在双鱼宫星宿里，所以每年春分、秋分时，地球在它轨道上的位置稍稍不同。白羊宫的起点逐年迁移，名曰春秋的推移。在公元前134年，喜帕恰斯已经发现这个事实。牛顿证明春秋之所以推移，是地球绕着斜轴旋转的结果，我们也可说是日月及行星推移的结果。春分、秋分既然渐渐推移，地轴当然是随之迁向，所以北极星的职守，不是万世一系的。现在充当这个北极星的是小熊星，它并不在地轴的延长线上。

拉普拉斯曾确定一件事实，那就是地球受其他行星的牵扰，其轨道的扁度按期略形增减，有时较扁，有时与圆形相去不远。但是据开普勒的定律，行星的周期与它们轨道的长轴密切相关，二者之中，如有一项变更，其余一项，不能不变。又据拉格朗日的学说，行星的牵扰，绝不能永久使地球轨道的长轴变更，所以地球的轨道，即令变更，其变更之量必小，而其每年运行所要的时间，概而言之，可谓不变。

历史上各个时期的天文学家在地球年龄问题上提出了不同的推算方法，你找到了几种？

阿得马首创地球轨道的扁度变更与地上气候有关之说。勒威耶又表示用数学的方法，可求出过去或将来数百万年内，任何时候地球轨道的扁率。其后克罗尔发挥这个学说甚详，并用勒氏所立的公式，算出过去300万年内地球轨道的扁度最大及最小的时期。

一直到现在，我们说的都是天上的话，这些话在地上果然应验了吗？地球的过去时代果然有冰期循环迭现吗？如若地质时代果然有若干个冰期，那么，我们也可用这种天文学上的理论来定地球各冰期到现今的年代，这件事我们不能不问地质学家。

天文学家这番话，好像是应验了。地质学家曾在世界各处发现昔日冰川移动的遗痕。遗痕最显著的就是冰川之旁、冰川之底、冰川之前，往往有乱石泥土，或成长堤形，或散漫而无定形。石块之中，往往有极大极重的，来自数千百里之遥，寻常河流的力量绝不能运送那样大的石块到那样远的地方。又由于冰川运送的石块，常有一面极平滑，而其余各面则棱角峭砺，平滑的一面又常有摩擦的痕迹。冰川经过的地方，若犹未十分受到侵蚀剥削，则另有一种风景。比方较高的山岭，每分两部，上部嵯峨，而下部则极形圆滑，谷每成U字形。间或有丘墟罗列，多带圆长的约两百万年前的第四纪时期，要比现在冷很多，地球上到处都是冰川，就连“热带大陆”非洲都有很多冰川。

形状。而露岩石的地方，又往往有摩擦的痕迹。诸如此类的现象，不一而足，这是专业的地质学家的事，我们现在不用管它。

在最近的地质时代，那就是第四期(即第四纪大冰期——编者注)的初期，也可说是初有人不久的时候，地球上的气候很冷。冰川冰海，到处流溢。当最冷的时候，北欧全体，都在一片琉璃之下，浩荡数千万里，南到阿尔卑斯、高加索一带，中连中亚诸山脉，都是积雪皑皑，气象凛冽。而在北美洲方面，亦有浩大的冰川流徙：一支由拉布拉多沿大西洋岸南进；一支由基韦廷，向哈得孙湾流注；一支由科迪勒拉山系沿太平洋岸进行。同时南半球也是一个冰雪漫天的世界，至今澳大利亚南部、新西兰、安第斯山脉以及智利等地，都有遗迹。甚至热带地方，如非洲中部有名的高峰乞力马扎罗的雪线，在第四期的初期，也是要比现在低5000多英尺(1英尺约等于0.3米)。

由第四期再往古代找去，没有发现冰川的遗痕。一直到古生代的后期，那就是石炭纪的中叶，在澳大利亚、印度、非洲、南美洲都有冰川流行的事。再往古代找去，又有许多很长的地质时代，未曾留下冰川的遗迹。到了肇生世的初期，在中国长江中部、挪威、加拿大、澳大利亚等地，又有冰川现象发生。过此以往，地层上所载的地球的历史，到处都是极形模糊，我们再没有得到确实的冰川流行的遗迹。

地质事实说地球年龄

导读

这一篇的标题为“地质事实说地球年龄”，请阅读文章，说一说，作者都列举了哪些地质事实，这些地质事实又与哪些理论有关？在这些理论中作者肯定了什么，又否定了什么？

地质学家估算最近的冰期距现今的年限，共有几种方法。这几种方法之中，似乎以德基耳所用的最严谨而且最有趣味。在第四期的初期，挪威与瑞典全境以及波罗的海一带都埋在冰里，后来北半球的气候渐渐温和，那个大冰块的南面逐年往北方退缩。当其退缩的时候，每年留下纪念品，所谓纪念品，就是粗细相间的停积物（即为沉积物——编者注）。

当春夏的时候，冰头渐渐融解。其中所含的泥土沙砾，随着冰释而成的水向海里流去。粗的质料，比如沙砾，一到海边就要沉下。而较细的质料，能悬在水中较久，春夏流水搅动的时候，至少有一部分极细的泥土不能沉淀。到秋冬的时候，冰头冻了，水流止了，自然没有泥土沙砾流到海里来。于是乎，水中所含的极细的泥土，也可渐渐沉下，造成一层极纯净的泥，覆于春夏时所停积的沙砾之上。到明年立春，冰又渐渐融解，海边停积的情形又如去年。所以每一年停积一层较粗的东西和一层较细的东西。

冰川每年夏季会融化，冰里的泥沙会逐年沉积，就像树木的年轮一样每年长一层。地质学家通过数泥沙沉积的层数，推算出冰期距今多少年。

年复一年，冰头渐往北方退缩，这样粗细相间的停积物，也随着冰头，渐向北方退缩，一层叠着一层，好像屋上的瓦似的。

德氏做了许多苦功，从瑞典南部的斯堪尼亚海岸数起，数了3.5万层泥，属于冰期的末造（即末世，一个时间阶段的末尾时期——编者注）。由冰期一直到今日，约计有7000层的停积。然则由冰头退抵斯堪尼亚到今天，一共经过了1.2万年。斯堪尼亚以南的停积，为波罗的海所掩盖，德氏的方法不能适用。再南到德国的境界，这个方法也未曾试过。冰头往北方退缩的迟速，前后仿佛不是一致的，愈到北方，有退缩愈急的情形。比如在瑞典首都斯德哥尔摩，其退缩的速度，比在斯堪尼亚已经快了5倍。按这样推想，冰头在斯堪尼亚以南的时候，比在斯堪尼亚应该还要慢些，所以要退出与在斯堪尼亚相等的距离，恐怕差不多要2500年。那有名的地质学家索拉斯以这种议论为根据，暂定由最后的冰势最盛时代，到它退到瑞典南岸所费的年限为5000年。然则由最后冰期中，冰势的全盛时代到现在，至少在1.5万年以上，实数大约在1.7万年。在澳大利亚南部，地质学家用别种方法，求出当地自从最后冰期到现在所经历的年数，也是1.5万~2.0万年。两处的年数，无论是否偶然相合，总可算得一致。那么，我们应该承认这个数目有点儿价值。

现在我们看天文学家的数目与地质学家的数目相差多少？至少要差6万年。我们知道德氏的方法是脚踏实地，他所得的数目是比较可靠的。然则开氏的数目，我们不能不丢下。况且按天文学的理论，地球不可能南北两半球同时发生冰川现象，而在过去时代，我们所知道的三个冰期都不限于南北某一半球。更进一层说，假若开氏的理论是对的，那么，地球在过去时代，不知已经过几十甚至上百回的冰期，何以地质学家在地球上各处找了数十百年只发现三回冰期。如若说是冰期的遗迹没有保存，或者我们没有发现，这两句话未免太不顾地质学上的事实。

原来地上的气候，与天文、地理、气象三项中许多的现象有密切的关系。这三项现象，寻常互相调剂，所以地上气候温和。若是三项合起步调向同一方面走，那就能使极端热或极端冷的气候发生。比方，现在的西北欧若没有湾流的调剂，虽不至于成冰期，恐怕与冰期的情形也要差不多了。总而言之，以开氏为代表的天文学家所创的学说，如若不大加变更和修正，恐怕纯是纸上空谈，全以他们的理论为根据去定地球的年龄，正是所谓缘木求鱼的一场故事。

天文方面，既然不得要领，我们现在就要问地质学家，看他们有什么妥当的方法。

地球热的历史说地球年龄

导读

在这一篇中，作者将带领我们了解哲学家及物理学家是如何从热量的角度切入，提出对太阳年龄的猜想的。阅读全文，说说作者对这种计算方法持什么态度。

地球上何以这样的暖？我们都知道是那太阳，从古至今，用它的热来接济我们。然则太阳内部仿佛千古不变的热力是如何来的呢？这个问题已经费了许多哲学家和物理学家的思索。他们的思想，从历史上看来，自然是极有趣味的，可惜我们无法详细地去探讨，现在只好说一个大概。

德国有名的哲学家莱布尼茨和康德都认为太阳是一团大火，它所散发的热都是因燃烧而生的。自燃烧现象经化学家切实解释以后，这种说法，当然不能成立。再后来，迈尔观察到摩擦可以生热，所以他想太阳的热也许是许多陨星常常向太阳里坠落的结果。但是据天文学家观察，太阳的周围并非常常有星体坠落，假若往太阳里坠落的星体如是非常之多，太阳的质量必要渐渐增加，这都是与事实相反的。

亥姆霍兹以为太阳的热是由它自己收缩发展出来的。太阳每年发散的热量，可由太阳的射热恒数求出。亥氏假定太阳当初是一团星云，渐渐收缩，到了今天，成一个球形，其中的质量极匀。他算出太阳的直径每缩短1‰所生的热量，可与它每年所失的热量的2万倍相当。亥氏据此算出太阳的年龄，大约在2000万年以下。如若地球是从太阳里分出来的，当然地球的年龄比2000万年还少。开尔文对于这个问题的意见，也与亥氏相似，不过他相信太阳的密度愈至内部愈大。

据物理学家近来的研究，所有发射原质(即元素——编者注)当发射之际，必发生热。又据分析日光的结果，我们早知道日中含有氦质，所以我们敢断言太阳中必有发射原质。因此，有许多人怀疑发射作用为太阳发热的主因。据最近试验的结果，1000万克的铀(U)质在“发射平衡”之下，每1点钟能产生77卡(卡路里的简称——编者注)的热，而同量的钍(Th)所发的热量不过26卡。太阳每1点钟每1立方米所发散的热，平均约300卡，这些热量，假若都是由太阳内的发射原质(如铀、钍等)里发出来的，那每1

立方米的太阳原质中，应有400万克的铀。但是太阳平均每1立方米的质量只有1.44×10^6克，即令太阳的全体都是铀做成的，由这种物质所生的热仅能抵当它所消费的热量的1/3。所以以发射原质产生的热为太阳现在唯一的热源，所差未免太多。

据阿列纽斯的意见，太阳外面的色圈（即为色球——编者注），大概都是单一的物质集合而成的。它的温度在6000 ℃~7000℃。其下的映像圈（现称为光球——编者注）里的温度，或许高至9000℃。愈近太阳的中心，温度愈高，压力愈大。据阿氏的学说计算，太阳平均的温度比它外面色圈的温度应高1000倍。在这种情形之下，按勒沙特列的原则推测，太阳中部应有特别的化合物，时时冲到外部，到温度较低的地方爆裂，因之生热。我们用望远镜往往看见太阳的表面有凸起的地方，或许就是这种冲出的气疣。这种情形如果属实，那么我们现在从热的方面，就无法推算出太阳自有生以来所经历的年代。

关于这个问题，近年法国物理学家皮兰氏利用原子论和相对论做了一番有趣的计算。皮氏因为天文学家断定许多星云都是由氢气组成的，所以假定化学家所谓的种种元素都是由氢气凝结而成的。氢的原子量是1.008，而氦的原子量是4.00，那么由氢而变为氦，失掉若干质量，质量就是能量，这

哲学家和物理学家从不同角度提出了关于地球年龄的猜想，你更倾向于哪一种呢？

些能量当然都变成热。照这样计算，皮氏算出太阳的寿命为10万兆年，地球年龄的最大限度应为这个数目的若干分之一。但是我们若要从热的方面求地球自身的年龄，还不能不从地球自身的热量着想。

我们都知道到地下愈深的地方温度愈高。地温的增加率随地方多少有点儿不同，浅处的增加率与深处的增加率当然也不等。据各地方调查的结果，距地面不远的地方，平均每深33米，温度增加1℃。

从这种事实，又从热能力衰退的原则着想，开尔文根据泊松的假说，追溯地球从前必有一个时期，热度极高，而且整体的热度均一，后来它的热能力渐渐发散，所以表面结壳，失热愈多，结壳愈厚。

地球之形状

导读

这一篇向我们叙说了关于“地球的形状”曾出现过的猜想和假说。阅读时，要理清文章结构，整理内容，查阅资料，然后说说文中都提到了哪几种假说，对于每种假说，作者持怎样的观点？

昔日人类智识幼稚之时，咸以为地为平形，天覆其上，四海寰其周，天圆地方之说大约由是以起。巴比伦及希伯来之谈天者，皆主张与此类似之说。诗人荷马亦道及“瀛寰”，其信地为平形，大海寰之，似无可疑。随着人类智识渐渐进步，观察渐渐锐敏，乃逐渐识破地平之说与日常经验大相凿枘。如人由南往北，或由北往南，见北极星宿迁移高度；又如船舶之向大洋中进行者，于“海天相接”之处，逐渐落于水平线下，终至不可睹。其他尚有种种现象，皆足与人以地球之概念。

首倡地形如球之说者，似为毕达哥拉斯。其后经亚里士多德多方论证，地球之说，始能成立。亚氏复引数学家计算之结果，谓地球之周，约长40万司塔底亚（即四万六千英里，1英里约等于1.61千米——编者注），然当时信之者固寥寥也。

纪元前250年时，埃及学者埃拉托斯特尼始计划一种方法，以实测地球之形状，其结果虽不精确，而其方法则传至今日，测地学家咸袭用之。

依重力之法则及远心力之关系，牛顿断定地球应成扁球之状，扁球之短轴即旋转轴，赤道一带稍形隆起，其长轴与短轴之比为230∶229。惠更斯亦依重力之关系，推测赤道之径稍大，两极之径稍小，其比应为579∶578。1735年，法国科学院之科学专家为考察地球究竟是否成一扁球起见，特别组织两个考察队，一赴秘鲁，测量赤道附近每一度所夹之弧长;一赴波罗的海北部之波的尼亚湾，测量近于北极方面每一度所夹之弧长。以两方所得之结果相比较，乃得证实地球之形确属一种扁球，或与扁球类似之形状，赤道一带隆起之度较大。

人类认识地球的形状，从天圆地方到扁形球体，历经了几千年的论证。

自兹以后，地球为一种扁形球体

之说，学者虽认为已经证实，然究竟成何种扁形，则仍属疑问。雅可比从动力学方面证明匀质流体旋转之时，其平衡之形状，不限于扁球，椭球之三轴成某一定之比，并在某一定旋转之时间者，若依其最短之轴旋转，亦可入于平衡之状态。地球为三轴椭球之说，由是而得力学上的根据。唯地球既非匀质之流体，则雅氏之假定，似乎根本不能成立。况就现今大陆与海洋分配之情形而论，非独三轴椭球一见而知其不能与地球之表面符合，即任何数理上之形状，恐亦未能与地表实际之形状一致。

无已，吾人只可求一较为近似且较为简单之数理上的形式以为代表，是则舍扁球而外无他也。若由法、英、俄、印度、南非、秘鲁各处所测之子午弧线推算（照前法），则地球之短半径，亦即南北极方向之半径应为：6356583.8米；

地球之长半径，亦即赤道之半径应为：6378206.4米；

长短半径之比，亦即扁度应为：294.98∶293.98。

关于地球之形状，据吾人所知，盖有如此。关于乃近日报传有某某三君，经数年研究之结果，否认地为圆形，并否认自转公转等事实，得某某商会之助，制成新式时辰表一架以定时刻，一若为世界上一大发明者。三君能将其破天荒之学说及其制造公诸世乎？

地壳的观念

导读

你知道地壳是什么吗？我们脚下的土地，不管是高山还是海底，都是地壳。阅读文章，你有什么新奇的收获？说一说，作者说的认识了解事物的方法具体是什么？

人们都以为我们住在地壳的表面，实际上我们并非住在地面，却住在地中。我们的头上还有一层空气压着我们、包着我们。这层气壳的厚度在三四百公里以上，不过愈向上走，气壳的密度愈小，压力也愈小，高到四五十公里的地方，气压已经比一厘米水银柱的压力还小。我们住在气壳底下，正和许多海洋生物住在海底，抑或蚯蚓之类住在土中相类。气壳的组成，并非上下一致。下部氧气较多，所以生物得以生活。愈往上走，氮气愈多，到100公里以上，几乎全是氮气。再往上是氦气(He)，更往上是氢气(H)成了主要的成分。严格地讲起来，这一圈大气，要算是地球的皮表，不算是地壳，因为流质的关系，普通不认为它是地壳。我们不独不认大气层为地壳，连那海洋也不被认为是地壳的一部分。

实际上所谓地壳者，虽无严密的定义，然大致可说是指地球上部由普通岩石组成者。普通人所见者，只是岩石层的表面。地质学家所见者，也不过从最新的地层到最老的地层以及各种所谓火成岩，一名凝结岩。那些极新的地层到极老的地层在一个地域总共的厚度，也不过20余公里。然则我们怎样知道地下还有类似地表上的那种岩石？又怎样知道这些岩石往下伸展到一定的厚度？更怎样知道地下是由固质或液质，抑或是气质造成的？这些问题如果都是悬案，我们有何理由说出“地壳”的名词？

然而“地壳”的名词，久已被人用了。地壳上的人们，不见得对于地壳有极明显的了解。只是揣想着地下的材料总和在地表露出的材料不同。这种观念的产生，大约一面受了星云学说的影响，一面又因为火成岩和地温的分配，似乎愈到地下深处，温度愈高。若温度超过一定的限度，一切的固质不免变为流质，火山爆裂，岩流迸出，骤然一看，似乎都可以作为流质地球的证据。而所谓地壳者，正如包着卵白和卵黄的卵壳。可是天体力学者告诉我们，这样鸡蛋式的地球是不能成立的。如果地球是像鸡蛋式的构造，它早已受不起旋转和日月吸引的力量，它绝不能成现在这样的形状。

传统思想如此混沌。因之，对地壳这一个名词，我们不敢任意接受。我们如若还想利用这一个名词，不能不做进一步的追求。且看我们能否替它找出相当的意义，地壳的命运就在于此。

我们没有方法去打极深的地洞，看里面的情形。现在世界上用人工凿出的最深的地洞，也不过2000多米。地球如此之大，就算再凿穿2000米，也算不了一回事，况且愈到深处，工作的困难愈多。我们还要知道世界上有许多的事物，我们尽管能看见，能直接地感触，我们不见得就能认识，就能了解。观察是一回事，了解又是一回事。所以要看地球内部的情形，不能用肉眼，只能用智眼；不能直接地检查，只好用间接的方法探视。间接的方法可分为下列几项，当然，仅就重要性而言：①地温；②岩石的分配；③地震；④均衡现象（内文均从略）。

依前述种种观测判断，地球的表面除了有大气层和海洋之外，确有较轻的岩石造成地壳。

在大陆方面，地壳可分为两层，其间界线不甚清楚，一名里壳，一名表壳。表壳由酸性岩石，如花岗岩之类造成；里壳由基性岩石如玄武岩、玻璃之类造成。在海洋方面，尤其是在太平洋方面，似无表壳，只有里壳。大西洋是一个比较新成的海洋，所以情形稍有不同。

科学家利用现代技术手段测量的地壳平均厚度为17千米。

表壳的厚度至少有15公里，也许到20公里以上。里壳的厚度大致与表壳相等。两壳总共的厚度至少有30公里，也许厚到45公里。这是就普通的厚度而言。在特别的地方，它的厚薄也许不是完全一致，不过不会偏离此限太远。地壳以下便是极基性而且甚重的岩石，与造成地壳的材料、性质颇有差异，现在我们所知道的情形，如是而已。

地史的纪元

导读

阅读本篇，试着回答下列问题：作者提到半生半死又复活起来的问题是什么？作者向我们介绍了几种计算地球年龄的重要方法，它们分别是什么？作者对这几种方法的态度如何？哪一种方法可靠一些？

听说去年觉里教授在牛津大学做第二十七次波义耳讲演时，又提起地球年龄的问题。觉氏对于这个问题素有研究，并曾出专书讨论。此次讲演，想必更有新发明，可惜我们不能当场领教，而且连他的讲稿亦不曾看过。直到现在，我们在今年四月出版的《自然》上，看见霍姆斯批评他的文字，才知道这个半生半死的问题，在西方近来又复活起来了。

头一件令我们注意的事，就是觉里此次提出讨论的题目。从前关于这一类的讨论，一般科学家所用的题目都是“地球的年龄”。觉氏此次不说地球的年龄，而说“地史学上地球的年龄”。这种命题的确可以免去一般人的误解。历史学家从事实上不能不把人类的历史分为有史以前和有史以后的两段，地史学家似乎也应该把历史时期分为有地史（指有地史的遗迹而言）以前和有地史以后的两段。在前一段时期中，地球经过何等的变化，经过若干年代，依我们现在的知识看来，谁也不敢断言。地球究竟是如何产生的，还是一个悬案，怎能大言不惭地去说地球的年龄？

地球前半的历史，固然现在还是一笔糊涂账。但是自从海陆划分以来，至少地面上的变更确实有许多遗迹可考。这个海陆划分的时期，可算是地史发端的时期。觉里所说的地史学上地球的年龄也就是从这个时期算起。

前已说过，我们是未曾读过觉氏论文的人。我们当然不敢妄发议论来批评觉氏的长短。但是霍姆斯也曾著了一本专书，讨论地球经过的年代。他在《自然》上对于觉里教授的批评，对与不对，我们虽然不便加以严格的判断，但是他所发表的意见，的确可以供我们参考。

在介绍霍氏的意见以前，待我先把关于计算地球年龄的几种重要方法略述一次：

（1）根据地球的热状。在各种方法之中，恐怕要算这种方法最老，汤姆逊氏首先提出。汤氏假定地球最初为一团热汁。这团热汁渐渐冷却，必定发生对流现象，使中心与表面的温度大致相等。等到全体凝结成了固体，它的温度才能下降。历时愈久，表面与中心的温度相差愈大。换一句话说，地球自从凝结成了固体以后，它的整体便不能保持平均的温度，愈到内部愈热，愈近外面愈冷。在一定的时期，一定的地点，温度的变更率、传热物质的密度、比热，及其传热率有一定的关系。那种关系可以用傅立叶的方程式表明。现在地球表面上温度的变更率、各种岩石的平均密度、比热以及传热率，都能进行实地的测验。所以只要知道地球凝结时的温度，我们应该可以算出造成现今温度变更率所要的年代。汤姆逊假定地球当时凝结时的温度为华氏7000度，即摄氏3871度，算出的结果，得地球的年龄为96兆岁。汤氏正在那里自鸣得意，忽然翻出一群地史学上的事实，证明他的地球未免年纪太轻了！

这种方法的缺点是显而易见的。不用讲我们不能假定地球的过去有一个时期整体固结，全体温度平均。就是现在除了极肤浅的壳子以外，我们并不敢断定它是什么物质造成，呈什么状态。况且有许多放射元素——至少在地壳中——不断地供给热量。假若放射元素在地中分配的情形与在地面相似，据计算的结果，地球的温度非但不能减少，还应增加。对于汤姆逊的大作，我们似乎不必再客气了。

（2）根据地层的总厚。这种方法也是很老的。它的原则极为简单。我们都知道地面的岩石，有一部分是由泥土沙砾固结而成。那些泥土沙砾之所以发生，大半是因为已成的岩石受了风雨的摧残，经过河流的输送而停积在湖海里的。在停积的当时，虽是杂乱无章的泥沙，而历时甚久，就变为层层垒叠的岩石。自海陆划分的时期以至今日，陆地始终经受风雨的剥削。所以水里的停积物，也是层复一层，不断增加。现在假如知道地球上停积岩层的总厚，又知道每年停积的厚度若干。用后者除前者，应该得出地球自海陆划分以来的年数。

这个方法，在理论上再简单不过。可是在事实上，则大谬不然。因为关于除数和被除数的调查或计算都是大费工夫。那些难处我们不必一一从理论上讨论，单看下表中所列各家计算结果相差之远就够了。

调查人	岩层总厚	每停积一尺厚所要的年数	年龄
赫胥黎	100000 英尺	1000	100 兆
亳　顿	177200 英尺	8616	1526 兆
拉巴朗	150000 英尺	600	90 兆
格　基	100000 英尺	730 ~ 6800	73 ~ 680 兆
索拉士	256000 英尺	100	26.5 兆

即令将来我们得到极详细的调查，我们有什么方法断定现今的停积率与过去的平均停积率成如何的比例？然则这第二种方法

也不可靠。

（3）根据海中的钠量。溶在海水中的盐质，种类虽多，只有钠(Na)质有蓄积于海中的趋势。其余各种盐质，终究必被排去。假若知道现在海中溶钠的总量若干，又知道现今每年由河流输送到海里去的钠量若干；如若每年加入的钠量千古不变，我们立刻就能算出自从世界上有海洋以来到今日所经历的年代。据默里的调查，世界上海水平均的密度为1.026。又据卡斯滕的调查，世界上海水平均的密度为1.026，海洋全体的容积约为3.07496亿立方英里。所以海洋全体的质量为1178270×10^{12}吨。钠质在海水中平均占1.08%。所以现在海中的总纳量应为12600×10^{12}吨。全球每年由河流送入海洋的钠量总计有1.56亿吨。从这两个数目，得出海洋的年龄约80.88兆年。

如此计算，在算术上虽然没有差错。但是事实上还有许多困难。关于海洋中钠质的总数，以上所说的几项调查，还算精密，大约与实数相去不甚远。至于关于海洋中每年增加的钠量，调查计算，都不容易。前面说的数目，乃是从分析世界上各大河流排泄物所得结果。据精密的考查，河流中所含的钠，有一部分是从海里吹来的，那种吹来送去的钠质，当然不应列入每年增加的量中。我们还要知道，在过去各地质时代，有一部分的钠质，时而和泥沙混在一道，混在岩石里面；时而与岩石同时受侵蚀作用，转入海洋。转来转去，成循环的状况。最后还有一层绝大的疑问:那就是当海洋初成的时候，海水中是否已经有若干钠质，无从断定。凡此等等，都足以表明实际上计算的困难。

(4)根据含放射元素的矿物中铀与氦或铅的比率。在种种测算地球年龄的方法中，要算这个方法最新、最漂亮，也可说是最靠得住。我们在实验室中已经得到了十二分的证据，证明铀、钍等元素在放射了阿尔法质点后，即变为其他种放射元素。那新发生的放射元素，又放射阿尔法质点，又变为其他种元素。如此递变不已，最后变成铅质。每一种放射元素，都有一定的生存期限。由一定的分量减到一半所要的时间，普通名曰半生期。各种放射元素的半生期都是一定的。对于温度压力化合的状态等绝对没有关系。放射出来的阿尔法质点，都是荷电的质点。它失掉了电性，就成了氦气。所以凡属含铀、钍等质的矿物，其中必有若干氦和铅存在，据精细的测验，每一钱铀质，每年可发生1.22×10^{-10}钱的铅。因为这种变化进行得极慢，所以铅的产生率可视为一个恒数。

假如现在有一块含铀的矿物，我们知道它所属的地质时代，我们只要测出那块矿物中铀与铅的比率，再用1.22×10^{-10}除之，就可以知道从那个地质时代到现在的年数。

这种计算的方法，在理论上似乎极为圆满。但是事实上也有不容易解释的地方。比如根据同一地方同一时代的各种矿物计算，所得的结果往往不等。而从含铀矿物所得的结果，往往高于从含钍矿物所得的结果。觉里教授举出一个例子来说：锡兰（现称斯里兰卡）有一种沥青铀矿及一种钍矿，同产于一地，但是从铀铅的比率计算，得512兆年；而从钍铅的比率计算，只有130兆年。

现在我们再来看看觉里的结论和霍姆斯的批评。觉里的结论仿佛是注重某种含钍矿物中的钍与铅之比，而以海洋的咸度（即钠量）为佐证。他主张自玄古时代到现今，大概在160兆至240兆年之间。

霍氏对于觉里所选择的材料不甚满意。他说钍中的铅容易溶解。所以觉氏所用的钍矿，其中必有一部分铅已经消失。因此所得的年数过小。铀矿中的铅比较难于溶解，所以自初次产生以来，应该都蓄积在矿中。觉里不用铀矿而用钍矿，的确有点儿不妥。就是钍矿中也有年龄超过400兆者，更足以佐证霍氏的意见。至于海洋的咸度，关系复杂，前面已说过，殊不足引为佐证。若仔细地思量，恐怕向来从海洋咸度所弄出来的年龄，只有失之太少，不或失之太多。

地球的年龄真是个迷呀！你可以再找些相关资料，看看这方面的研究有没有新的进展。

关于研究地球的年龄，觉里教授总算是一位前辈。但是他去年在牛津大学所发表的新结果，我们不敢完全赞成。霍氏的辩证似乎都有相当的道理。将来关于放射元素测验的方法，假若更加精密，恐怕计算的结果，只有数目增大，不会减少。在现今的知识程度之下，我们无妨认定自从玄古时代到今日年数，与中国的人口数——那就是400兆——大致相等。

地质时代

导读

本篇分四个部分，为我们介绍了有关地质时代的知识。在阅读时，同学们要懂得按照文章所划分的部分进行内容的总结和归纳，将每个部分的中心议题提炼出来。

一、地质时代的划分

所谓地质时代，并没有严格的界线，一般是从最老的地层算起，直到最新的地层所代表的时代而言。最老的地层，当然包括变质岩层，最新的地层不包括冲积层。

广泛的实践经验证明，除了火成岩以外，许多不同时代建造的地层往往含有不同种类的化石，其中经常可以找出若干族类、种类只出现于某一段地层或者仅限于某几层地层。根据这种普遍存在的现象，在每一个地区从事地质工作的人们，经常注意在地层中寻找化石或者化石群作为标志来和其他地区的地层做对比。有些化石是很特殊的，在上下地层垂直分布的范围很小，而在全世界的水平分布却很广。不管在各处的地层的岩石性质是否相同，只要它们所含的化石和化石群相同，它们的地质时代就是相同或大致相当的。这样一来，古生物化石的研究就成为划分地层的重要途径。

尽管在古代，宗教徒对化石公然提出了一些诡怪的说法，然而那种迷信很快就被古生物学揭穿了。

这样，从发展过程的历史来看，古生物学和地层学是密切联系着的两个学科，但是就在它们发展的过程中发生了争论，形成了两派：一派主张古生物学和地层学应该合起来搞；另一派主张把古生物学分开，让地层学站在一边，而由古生物学自己根据生物进化的过程建立一个独立的学科。这两派有时争议很激烈，有时也按传统习惯“各自为政”，到今天形势还是这样。

岩石里的动植物化石可以帮助我们判断这块岩石的年代。

不管怎样，在世界范围内利用古生物遗迹和遗体来划分地层对地质的历史已经做出了很大的贡献。而地层在层序上，在阐明上下的关系，也就是新老的关系上，对古生物某些种族的发展过程也提供了确实可靠的依据。

含有古生物遗迹或遗体的地层，只限于全部地层较新的一部分。这个较新的一部分，已经根据上述的观点，划分为若干时代的产物。但是，现在已经发现了，还有很厚一段较老的地层基本上不含化石。那就需要用其他的方法来鉴别它们产生的时代。未变质或浅变质的较老的地层，在中国叫震旦系，最厚达1万多米。但是，这个名词，在国外有的用，有的还固执地不用，统称为前寒武纪；而我们国家搞地质的也有一种跟外国传统走的倾向，也跟着叫前寒武纪，而不叫前震旦纪。

自从某些物质蜕变现象被发现以来，人们就利用某些元素，特别是铀、钍、钾等的蜕变规律来鉴定地层的年代。因为，用这个方法，可以求出地层中或火成岩体中原来所含蜕变矿物存在的年龄，所以，一般称为绝对年龄鉴定法。实际上，所谓绝对年龄，并不是绝对的，它只提供一个概略的数字。因此，这个名词不恰当，最好称作同位素年龄鉴定法。

二、地质构造运动的时期问题

地层并不是在水里或陆地上一层加一层平铺上去的东西，而是在它们形成的某些阶段、某些地带发生了程度不等、方式不同的运动。这种机械运动，只要达到了一定的强度，就从参加运动中的地层的特殊结构反映出来。运动以后，受影响的地层就不再是一层一层平铺上去了，而是发生规模不等的挠曲、褶皱、断裂等现象。同时，有些地区，由于受了挤压的原因或地下深部隆起的原因，上升成山岳；另外一些地区平缓地下降，成为洼地、湖沼或为海水所淹没。在山岳地带，由于侵蚀作用，高山逐渐被剥落，乃至夷为平地；而在低洼地区，就接受了那些被剥落下来的物质，如石块、泥沙之类，暂时的或永久的停积下来。经过了这样的一次地质构造运动以后，如果大面积地区又被淹没，那么在被削平了的挠曲、褶皱的地层上面，又会沉积一系列平铺的岩石。这些新沉积的岩层和其下老岩层不整合的关系就标志着在某一个地质时代，地球上某一地区或地带发生过比较强烈的运动。有时，在这种运动发生的时期，在有关的地区往往有不同形状的火成岩侵入，同时那些侵入体有时带来了各种有用的矿产，这一切，当时也被削平了，也为新地层所覆盖。

上面所说的现象是在地球上许多地区经常见到的现象，它们对有关地区的地质发展过程，也就是那个地区的地质历史是具有极其重要意义的，这一点没有问题。问题在于：

(1)究竟这一段历史发生在什么时代，就是说在不整合面的上面的地层和下面受了短期或长期侵蚀的地层，能不能依靠古生物的鉴定，或者同位素年龄的鉴定来找出确切的答案？一般情况下，确切的答案是很难得到的。

(2)在不整合面代表一个长期受侵蚀的情况下，难道不会在这个受侵蚀的时期中，在不整合面上，有个时期被水淹没过，也停积过沉积物，后来，由于上升露出水面，又被侵蚀掉了？这样的过程，就没有地层的记录可考，我们不能排除这种情况的可能性，也不能排除这种事情反复发生过几次的可能性。中国北部，奥陶纪地层和石炭纪、二叠纪地层之间有很长的时期缺乏地层的记录，这就是很好的一个例子。

(3)既然侵蚀的时间不能确切的鉴定，那就很难把在某一个地区发生的某一次运动和另外一个地区发生的某一次运动，严格地联系起来作为同一运动看待。特别是那两个地区相隔很远，对比起来就更没有把握。

但是，100多年来世界各地的地质工作者趋向于共同的认识，他们认为在各地质时代中，地球上发生过几次强烈的运动，而每次强烈运动大体上是同时的。这里，我们需要追索一下这个概念形成和发展的过程。那几次巨大的运动，最初主要是根据西欧那个局部地区的地质条件定下来的，后来把它推广到世界上许多其他地区。事实上，在逐步扩大范围的过程中，在时间对比的问题上，已经引起了不少的争论。

尽管这样，最初的那个概念，一直占着统治地位，传到了俄罗斯，也传到了中国。所以，在中国的地质工作者，也就认为在我们的国度里也有什么加里东运动、华力西运动和阿尔卑斯运动这三次极其强烈的运动，也就不知不觉地套用了什么加里东等的名称，所以在地质工作者之间往往就发生这样毫无意义的争论：譬如说秦岭这条山脉，你说是加里东运动形成的，他说是华力西运动形成的，诸如此类。这就说明一个问题，我们的地质工作者，把外国的东西生搬硬套，用来解决中国地质上的问题，这样就带来了严重的错误和巨大的损失。

事实上，根据中国地层发育的情况和其间不整合的关系，中华人民共和国成立以来，我们已经证实了一些规模巨大的运动。譬如说，燕山运动（在中生代时期）、吕梁运动（在前震旦纪时期）等的存在，而这些运动在欧美等地区就不那么显著。甚至，从那里地层发育的现象中得不到证明。反过来说，阿尔卑斯运动（时间是在第三纪的中叶）在欧洲的南部，确实是很激烈的，而在中国就见不到同时期发生的强烈运动的痕迹。

以上所说的这些运动，都是从运动的时期或局部的方向而言，很少涉及在每次运动波及的范围内所造成的构造形式。关于这一点的重要性，另有论述。

三、地槽和地台问题

同一个时期的地层在地理条件不同的地区，构成它的沉积物的性质和厚度往往不大相同。就地层的厚度来说，有的地区从零到几米或者仅仅几厘米，而在另外一个地区厚度可以达到几十米或者几百米；就沉积物的性质来说，在某些地区是泥沙层或石灰岩层之类，而在另外一些地区主要是由粗、细沙砾岩层，煤层或夹若干石灰岩层等类的物质造成的。这种在地面上沉积物的变化，一般大都可以用地形隆起、低洼，沉没在水中或海中的深浅来加以说明。不过，通过这样的解释来说明同一地质时期所产生的地层变化是有限度的，是一般性的。

1859年，霍尔在北美洲东部阿巴拉契亚山脉的北部，发现了受过强烈褶皱的古生代浅海相地层，其厚度达12千米以上。就是说，比在阿巴拉契亚山脉以西的同一时代，几乎无褶皱的岩层厚10倍到20倍。既然那些沉积物是浅海的产物，那么它们必然是由于它们沉积的地带，边沉降、边沉积而造成的。后来，在那一带浅海沉积中又发现了夹杂着火山岩流之类的复杂岩层。1873年，达纳进一步调查研究了这种现象，他把这样长期的沉降带和其中的沉积物统称为地向斜(中文译名为地槽)。达纳以后，在世界其他地区，又发现了不少主要是由浅海沉积物形成的厚度很大的狭长地带。在这样的地带积累起来的沉积物，必然是那个地带边下沉、边沉积而产生的。地槽这个概念，也就逐渐普遍地被接受了。其中，显著的例子就是北美洲西部的科迪勒拉地槽，南美洲西部的安第斯地槽，欧洲的阿尔卑斯地槽，欧亚分界的乌拉尔地槽，中国的祁连山、秦岭地槽，等等。

人们对地槽的认识，在地质构造现象中，确实提出了一个比较重要的问题。但是，也引起了一些疑问，首先是地槽的概念不是那么明确。因此，在推广这个概念的过程中，就出现了各式各样的地槽，有的甚至与原来认为是典型地槽的特点并不符合。这还是次要的事情，更重要的问题是，地球上为什么形成了那些“地槽”。讲地槽的人们，好像认为地槽是天生的，不允许过问它的起源。科学工作者对世界上的万事万物就是要问个为什么，闭口不谈地槽的起源是非科学的。我们毕竟要问，每个确实存在的“地槽”，它为什么恰巧出现于它所在的地方？为什么所有的地槽都占有一个长条形的地带？为什么经常有和它相伴随的、相反相成的隆起地带？这种隆起地带有时夹在地槽中间，有时靠近地槽的一边。当然，这些隆起地带由于受到侵蚀，现在或者已为平地，或者是和地槽中的沉积岩层一起转入了强烈的褶皱，有些人把这些伴随地槽的隆起地带称为地背斜。这个名称，恰好是和地向斜相配合的。根据这一类事实，如果我们把地槽和伴随它的地背斜，当作大陆上某些地带发生的巨型挠曲、褶皱看待，似乎是合理的。就是说，地球上大中小型的褶皱，在实质上基本是相同的，其不同之点，只是规模的大小，这样看问题，我们就可以把地向斜（地槽）、地背斜和其他大小型的向斜、背斜同样当作地壳形变现象处理。那种把地槽看作地球上不需要过问起源的，特殊的、天生的形象的论点，是不可知论，是反科学的论点。

地槽以外的地区，往往存在着褶皱甚为平缓、除了整体略为上升下降以外，看不出什么显著运动迹象的稳定地块。乌拉尔山脉西侧广大的地区，就是属于这一类型的地块。俄罗斯的地质工作者们抓住了这一特殊现象，称它为俄罗斯地台。后来，他们在乌拉尔以东，又发现了一大块平地，叫作西伯利亚地台。从此，他们又推广了“地台”这个名称，一直推到中国来了，称中国这个地区为“中国地台”，其中又分为若干个较小的地台。经过长期的地质工作和比较深入的探测，人们在地台策源地的俄罗斯地台下面，发现相当强烈的褶皱和火成岩的活动。而在西伯利亚地台区，尽管表面平缓，下面的地层在有些地方的褶皱也是非常剧烈的。在中国，全国范围内地层的褶皱一般都是比较明显的，而在很多地带又是极为强烈的。所以就在套用了中国地台这个名称的基础上，不得不把各式各样的地台越划越小。在中国的大地构造中，就出现了许多个地台，而在这些地台中又发现了褶皱带和断裂带互相穿插的情况，又创造了一个新学说，叫作“地台活化”论。请看，“地台活化”了，那还叫什么地台呢？这一个小小的例子，本来不值得一提，但是从这里可以看出，西欧和苏联地质学界的这种主观主义和形而上学的观点，是怎样深深地影响着一部分中国地质工作者的，这就不是一个小事情。

四、沉积矿床

各种沉积层中的沉积物，有的具有工业价值，有的还没有找到工业上的用途。具有工业价值的沉积物，有的单独成层夹在普通岩石之中，有的工业矿物成薄片和普通岩层夹杂在一起，有的和普通岩石颗粒混杂在一起。关于成层的沉积矿床，最普通的例子有煤、铁、铝、磷、硫、岩盐、钾盐、石膏及其他盐类等。关于夹杂或混杂在岩层中的沉积矿床种类甚多，在岩层中聚集或分散的形式往往大不相同，这种夹杂或混杂在岩层中的有用矿物的来源，绝大部分是从原生矿床或含有那些有用矿物的古老岩石，经过侵蚀、风化和天然的分选而来的。这种类型的矿床，最值得注意的有含铜砂岩，含磷、含锰的岩层，含金、含铀的砂砾岩以及其他稀有金属、稀土元素、分散元素等。

现代社会所需要的矿产资源大多数来自地下的岩石。

以上是指由固体的矿物形成的固体矿床而言，其次，还有一些液体和气体的有用矿物质资源存在于岩层中。因为构成岩层的矿物颗粒之间经常有大小不等的空隙，液体或气体往往填充这些空隙，其中具有最重要工业价值的液体和气体，就是大家所知道的石油和天然气。地下水也是夹杂在岩层中极其重要的成分。在某些地区，特别是干旱和盐碱地区，地下水对广大人民群众的日常生活和社会主义工农业建设，都是一种必不可少的资源；而在另外一些地区，如某些矿山开发的地区，它又可能造成灾害。

由于石油、天然气和水的特殊重要性以及它们在地下的流动性，地质工作者必须不断总结野外观测和实验的经验，通过实践、再实践来阐明这些矿物质的分布、动态和集中的规律，查明它们集中的地带和地区，分析它们的组成成分。显然，我们需要用特殊的方法来处理有关这一类资源的问题，与固体矿床的处理方法有所不同。就石油来说，我们首先应该根据从地质和古地理条件来寻找哪些地区是具有有利于生油的条件。所谓有利于生油的条件：

（1）需要有比较广阔的低洼地区，曾长期为浅海或面积较大的湖水所淹没；

（2）这些低洼地区的周围需要有大量的生物繁殖，同时，在水中也要有极大量的微体生物繁殖；

（3）需要有适当的气候，为上述大量的生物滋生创造条件；

（4）需要陆地上经常输入大量的泥、沙到浅海或大湖里去，这样，就可以迅速把陆上输送来的有机物质和水中繁殖速度极大而死亡极快的微体生物埋藏起来，不让它们腐烂成为气体向空中扩散而消失。

通过查找资料等方式，了解一下，根据李四光的研究成果，我国先后找到了哪几大油田？

石油生成的论点很多，直到现在还莫衷一是。不过，大体上看来，上面的观点可以说是大致符合实际情况的。这仅仅是就石油的生成，也就是它生成时，当初分布的主要特点和一般情况而言。在地种分散的情况下，形成的点滴石油混杂在泥沙之中，是没有工业价值的，必须经过一种天然的程序，把那些分散的点滴石油集中起来，才有工业价值。这个天然的程序，就是含有石油的地层发生了褶皱和封闭性的断裂运动。

所以，我们找石油的指导思想：第一，要找生油区的所在和它的范围以及某些含有油气苗的征象（关于这一点，不是经常可以找到的，如果石油埋藏和封闭得比较好的话）；第二，进一步查明适合于石油、天然气和水聚集的处所，石油工作者称那些处所为储油构造。但是，过去根据地槽、地台的观念看不出生油区之所在、储油区和储油构造分布的规律，因而产生了中国贫油论。现在，贫油论已经破产了，今天看来，在寻找石油的工作中，今后在祖国960万平方千米的土地上和邻近的浅海区发现更大的油区和更多的油田是完全可能的。

中国地势浅说

导读

本篇讨论的是中国地势的沿革，可是真正要算起地势的沿革来又要从哪个时期开始算起呢？在谈地质史时我们要注意哪些原则？在讨论地质历史时又当采取怎样的方法呢？阅读文章，寻找答案吧！

本文讨论的问题是中国地势的沿革，与中国疆域的沿革以及中国内部政治区域的沿革是截然两道。疆域的沿革、政治区域的沿革是人类发生以后的事——是人类有了政治的组织以后的事，所以这些问题，当然归历史学家研究。至于我们现在的问题，包括人类发生以前或人类在极幼稚时代——那就是与猴子时代相距不远的旧石器、新石器时代，在我们现在中国的这一块地域里的海陆陵谷之变迁以及气候之更迭等事实。总括这些变迁，似乎应有一个专门术语，在未得妥当的名词以前，我现在试称之为地势的沿革，即是地质史的一个方面。研究这个问题，不待言是我们地质学家的事。

欧美各国的地质学家，对于他们本国地势的沿革多少都有点儿研究。联合参详各处研究的结果，我们今天才知道我们人类的祖先还未到这个世界以前，世界上已经有了许久许多的沧桑之变。然而关于我们中国的这一大块地皮，除了几个好事的、冒险的欧美人外，竟然没有多少人过问。我们现在关于我们自己国家里地势的变迁的知识，大半是由这些冒险家得来的。他们对于学术上既然有如是的贡献，现在我便趁这个机会，把他们几位的名字列举出来，聊以表示我们感谢的意思。

1862—1865年，美国的庞佩利可算得上是头一个到中国来研究地质的地质学家。他所研究的地域，大半限于内蒙古及东北三省。几年后，德国的李希霍芬来到中国着手他的毕生事业。与李希霍芬前后到来的有大卫，他曾到过内蒙古、江西，并横越秦岭东部；又有金斯米尔，曾在长江流域调查；又有比克莫尔，曾由广东走到汉口。他们虽然多少各有点儿贡献，然而与李希霍芬相比却是不可同日而语。

1877—1880年，奥地利的洛克齐随着施曾彝的科学调查队，由长江下游穿过秦岭，入甘肃，沿南山（即祁连山）东北麓进行，转折经过四川北部、西部，再由云南的西部而到缅甸。当时内地风气不开，地方自然不免有仇外的情形。据说洛克齐曾遇到过种种困难。再数年后，俄罗斯地质学家奥勃鲁契夫往来于南山数次，并历四川北部及内蒙古等处。1898年，福德勒由新疆穿过沙漠，复由甘肃过秦岭，出长江下游。其采集的材料颇为可观，可惜未加以详细的分析和编纂。其余如林斯、罗伦斯、福格尔桑，对于中国东北部及川鄂毗连各属均有研究，尤以罗伦斯在山东调查研究之结果，在地层学上最为重要。

当这些学者在那里做断断续续的调查研究的时候，李希霍芬发表了许多关于中国地质的论文，并最终刊发他的名著《中国》（*China*）。这一部书，一直到今天，都算是关于中国地质的最重要的著作，可惜书未写完他本人就去世了。1903年，美国地质学家威利斯和布莱克威尔德受卡内基学院的委任，来中国调查地质。他们在中国不过5个月，曾到山东、辽东，又由河北南部入山西东部，经过唐县、五台、忻州、太原、西安，复由西安穿过秦岭，经过川东鄂西诸属，至宜昌终止。他们此次研究的成绩，以他们所费的时间而论，可算得不少。

至于中国西南各省地质的情形，大半是由法国人考察出来的。最初有湄公河（在国内的部分叫澜沧江——编者注）的调查队，继以雷克勒及雷当诺的调查队。1910年，戴普勒对于云南东部的地质，似乎费了一番力气，外界对于戴普勒之为人，虽有种种物议，然而他所编的报告，究竟未可一概轻视。

近20年来，日本人对于中国的地质往往有所著述。其中以横山、矢部、后藤、早坂、小野诸氏的著作较多，他们的著作大都是东京帝国大学理科报告。我们可在日本地质学杂志、地质学报及其他一二流大学的报告中，寻出他们的著作。这都是不乏有价值的东西。

以中国人研究中国地质而有成绩可考者，据我所知，自丁文江、翁文灏、章鸿钊三先生始。自北京地质调查所成立以来，我们关于中国地质的知识，大有日新月异之势。但是我们中国的面积，如此之大，考察出来的结果，如此之少，要想讲讲中国地势的沿革，谈何容易。所以我们现在所能讨论的，只是一个简而又简的概略。至于详细的情形、确实的证据及还有许多其他方面，则不得不待我们自己奋发有为，到各处观察，仔细研究。

可以供我们讨论的材料的来源，大致如此。现在我们应当进一步划定讨论的范围，那就是我们所讨论的地势沿革应从什么时代起。据数十百年来地质学家的观察，我们现在视为千古不变的山川岩石，无时无刻不在变更。不过它们变得极慢，所以大家都不知不觉。又据种种地质学上的事实，我们敢断言地面变更的情形，在人类出现以前，有许久的时间与我们现在目击的变更，无论就种类而论，还是就程度而论，都无极大的差异。这就是匀和的学说，创于赖尔。我们谈地质史最重要的根据，就基于这个原则。然则我们现在不能不问，这种匀和的变更是无始无终的，还是到了一定过去的时代，匀和的原则就不能适用了？如若从今日起，向过去推去，推到一定的时代，当时变更的结果与现今截然不同。那时致变更的原因亦必不同。那是匀和的变更，在地球上从那时才开始。我们地质学家考究一地的地质史，也只好从那时起。比喻历史学家考究一国一民族的历史，只好从那一国一民族初有历史记录的那一天起。

关于匀和说适用的范围，自赖尔以后，学者主张颇不一致。极端主张匀和者，以为递积岩（即沉积岩——编者注）初发生的时候，就是匀和的变更开始的时候。这种主张，不过是一个主张，我们颇难判决它的是非，也不必判断它的是非。

古生物学家和地质学家依古代生物继承的情形及古代地壳极显著的鼓动，将海陆划分以后，直至今日，地球所历的时间，可分为若干时代，正如历史学家将中国历史分为若干朝代一般。学地质学的人大概都知道的，这些地质时代如下表所示。

时代名目		距现今的年数（以百万为单位）
新生代	最新（Pleistocene）	约 1.0
	更新（Pliocene）	约 2.5
	次新（Miocene）	约 6.3
	少新（Oligcene）	约 8.4
	初新（Eocene）	约 30.8

续表

时代名目			距现今的年数（以百万为单位）
中生代	枯烈纪（Gretaceous）		—
	侏罗纪（Jurassic）		—
	三叠纪（Triassic）		—
古生代	二叠纪（Permian）	煤纪	—
	葭蓬纪（Carboniferous）		约 146
	泥盆纪（Devonian）		—
	志留纪（Silurian）		—
	奥陶纪（Ordovician）		约 209
	寒武纪（Cambrian）		—
	亚尔艮纪（Algonkian）		—
	玄古纪（Archaean）		710

在学过地质学的人看来，有时代的名目便够了，然而未曾学过地质学的人看了这些名词，如未学历史的人看了周宣王时代、罗马恺撒时代等名目一样，没有什么意义，所以我把这些时代到今天大概的年数列举出来。这些数目，是从含放射元素的矿物推算出来的，并不可靠。之所以列入表中，不过借以表明年代之长。表上所列的各时代，都有特别的岩层及生物群为代表，最要紧的是上面各时代的次序。我们人类初发生的时期，现在虽不能十分断定，然顶古也不能过“更新”期。中生代之初，才有哺乳动物发生，二叠纪时鸟始生，志留纪时鱼始生，寒武纪初组织较完

全的动物如三叶、腕足类、珊瑚类始出现，而以三叶为最盛。寒武纪以前，亦当有初级的生物生存于世。然而留下的遗迹极少。这是生物学、地质学上极有趣的一个问题，而在中国北方研究要算正好，因为在中国北方寒武纪以前的岩石极为发育，并且有一部分未曾遭甚大的变更，如藏有化石，不难详考它的形状。

通过对动植物化石的研究，可以推算出埋藏动植物的年代和经历的变化。

就我们现在地质学上的知识判断，匀和的变更，至迟也必不在亚尔艮纪（现译为震旦纪，地质年代名称——编者注）以后。那么，我们现在讨论的范围，无妨就从亚尔艮纪的末期起。

范围既定，关于我们研究的方法、讨论的根据，不能不略加解释。我有一位同事，他曾教授人类学，有一天他正好老老实实地把历史以前的人类的生活状态说了一番，说完了，有一位听讲的起来质问他，说："我们知道历史的事实，因为有史册记载可凭。你所说的历史是以前人类的生活状态，既无记载可据，你何以知道？你的话我都不信！"我那一位同事生了气，以为这个人对于学术太无信仰，不足与之谈。我却以为那一位质问的先生倒很有道理，如若将他的疑问稍加以分析，我们就知道他的用意是要问用什么方法、有什么根据，使我们知道历史以前的人类的生活状态。现在我们在讨论中国地势的沿革以前，似乎也应当把我们的方法说出来，并且同时把我们的根据撮要地摆出来。即令我们的推论结果不对，我们所举的事实还是事实，那些事实总是有用的。

讲地质学的人都知道一个老比喻，那就是我们脚踏的地层好像是一册书，一层就是书的一页，书中有文字图画描写事实。地层由种种岩质造成，并有时夹着生物的遗体。我们知道现在地球上某样的地域，常有某种的岩石堆积成层。所以从过去时代所造成各地层质料的性质，我们可以推测当时岩层停积之处为何种地域，或为湖沼，或为河床，或为海湾，或为深洋。岩层中所夹的化石不独表示岩层生成之年代，并且有时亦能表示其生成的地域，因为大洋中的生物群、浅海中的生物群、咸水中的生物群、淡水中的生物群，各有特点。地质学家所当研究的就是这些事。诸如此类，数不胜数。我现在不过举一二最显著之点，以求见信于非地质学家而抱怀疑态度的人。不怀疑不能见真理。所以我很希望大家都持一种怀疑的态度，不要被已成的学说压倒。

秦岭—淮河一线是我国南北方的分界线。想一想，你所在的地方属于南方还是北方呢？

现在我可以接着讲中国地势的沿革了。头一件我们当注意的事就是中国的地质构造可分为南北两部。秦岭山脉为天然的界线，秦岭以北称为北部，秦岭以南称为南部。中国南部地层的构造较为复杂，所以我们知道中国南方地势的变迁较为复杂；北方构造除西北一

隅外，极为简单，所以我们知道北部海陆的变迁颇为简单。

玄古时代的岩石在中国北方露头甚多，在山东东部和东三省尤著。内蒙古、山西、河北各处都有露头。此项最古的岩石，被威利斯和布莱克威尔德称为泰山杂岩。因为造成泰山的岩石，据布莱克威尔德的观察，都是属于这一类。泰山杂岩中夹着许多片麻岩。那些片麻岩，也许是沙泥质的变形。假若它们果真是沙质泥质的变形，那是在玄古的时代海陆早已划分，种种地质的变更，已经照常进行，但是它们原来是不是沙泥，还有未定之天。即令是沙泥等质，即令它们足以表示玄古时代侵蚀的作用，然而那泰山杂岩中的各项岩石都经过剧变，杂乱无章，由某种岩石的分配而断定当时海陆的分配，是绝对做不到的事，所以玄古时代中国的地势的问题，我们现在尽可不必做无谓的讨论。以前所定讨论的范围，就研究的方法看来，实在是不得已而划定的。

侏罗纪与中国地势

导读

你知道在中国能找到多少种新生世的停积物吗？在“次新”时代，世界上发生了怎样的地势大变革？这次变革造成了怎样的影响呢？人类是从什么时候开始在生物中称雄的？将答案用笔勾画出来吧。

侏罗纪以后，一直到今天，在中国所生的地层极不完全。就是那枯烈纪时代（一名白垩纪时代），欧洲的海里造了几千尺厚的石灰岩和白垩。然而中国除四川赭盆中，多少有点儿淡水停积物以为这个时代之纪念以外，从未闻有何项枯烈纪的层岩。就现在我们的知识来判断，中国本部绝无那时的海洋停积物可寻。

至于新生世的停积物，在中国已经发现的共有几种。那就是:①含煤层的泥砂岩。辽河流域，朝阳、抚顺等处的煤层有大部分属于这个时代。云南、内蒙古等处的也是属于这个时代。②红砂岩。这种砂岩不独遍布于长江流域各省，就是北至甘肃、内蒙古，南至广东，都有它的代表。这里边发现了许多哺乳动物的化石。中国人向来把这些化石当药品用，巧名之曰龙骨龙齿。据许洛塞、孔庚诸氏的研究，这些龙骨龙齿，大半都是“更新”期的生物遗骸。有时也有“最新”期的生物遗骸。③瀚海层分布于内蒙古、新疆、甘肃各处。④湖沼停积。戴普拉曾在云南东部，安特生曾在山西南部(垣曲)遇见这种岩层。⑤汶河砾岩。布莱克威尔德曾于山东的汶河流域及河北的宁山盆地遇见这种岩石。⑥黄土。遍布于秦岭以北。除以上所举的几种停积物以外，还有大堆的火山爆裂物，张家口外的火山岩流就是最著名的。

自从侏罗纪的末期中国的地盘隆起后，中国已经成了一个大陆国，南北虽都有内海以及湖沼，然而都不甚深。地形平均甚高，所以侵蚀的力量甚烈。久之侏罗纪末所造的山岳，如秦岭等，渐渐失去了崎岖之象，那时中国全国可算得一个高原。一直到初新生的末期，中国还是一个高原，当然高原上有河流湖沼。

到新生世的中期——大约是“次新”的时代，世界又发生了地势大革命。欧洲产生了阿尔卑斯山脉，其影响及于全欧。亚洲产生了喜马拉雅山脉，中国的本部产生两条山脉，并驾齐驱。这两条山脉，就是我们今天所看见的秦岭、南岭。随着这两条山脉的距今几千万年前的新生代中期，中华大地上的名山大川基本成型，大致是我们今天所看到的模样。

诞生，几条大河也随之产生。到这时候，黄河、长江、西江的流域已经大概定了——那就是与现在差不多了。此次变动大概是由南方来的，因为此时所造的山脉，大概都是由西至东。这回革命影响之远大，绝不亚于泥盆纪初的喀道利呢大陆改革、煤纪中的赫辛尼大陆改造。

此次变动的结果，不仅是地面山川的改造，就是内部的地层也产生了许多很大的裂缝，并且有许多地盘陷落。于是火山爆裂，岩汁迸出。内蒙古南部，展眼数千百里，都是一片焦灼之象，辽河以东，东南海岸各处，时时亦有岩汁火灰喷出。不独中国如斯，就是西北欧，由英国西北部一直到冰岛，也是火焰不熄。地力的运行，可谓极一时之盛。

经这次剧变之后，中国的风景迥不如故。北方除了几个浅湖以外，都是平原或高原，南方山环水曲，森林遍地。所以喜好原野的动物，如马类都栖息于北方；而喜好卑湿、森林的动物，如鹿豕之类，繁殖于南方。据许洛塞的研究，他们的祖宗也许是由北美洲来的。

地上的变更，不遑宁息，新造的高山渐被摧残。所生沙土，都转到附近的湖沼或海湾里去了，于是产生了红色砂岩。到了"更新"期的末造，世界的气候慢慢地变冷。北美、北欧等雨雪较多的地方，成了一个漫天漫地的冰雪世界。中国那时的气候如何，颇难断言。据我去年发现的几件事实推测起来，中国的气候也应是极冷，北部并有冰川流动。但是这个问题究竟何如，还待一番研究。

你知道黄土高原吗？黄土高原所在的地方曾经是一片海洋，海水退去后，风携带的尘土堆积成了如今的黄土高原。

自从冰期以后，人类渐渐进步，在生物中称雄。因为中国北部的海渐渐枯竭，气候渐渐变干，风吹尘土，转扬几千百里。于是秦岭以北，大部分渐埋没于黄土之下。这种黄土，今天还在转移生长。

新生代中期大革命以后，中国的地势并不十分安定。中部的秦岭恐怕还在继续地隆起。长江在四川赭盆地的东部向地势较高的地方流动，因为水只能往低处流，所以能穿过高地者，必是先有河流而后地面上升。河流侵蚀的速率，比地面上升的速率相等或较大，所以水能流过。其余还有许多同样的证据，表示地壳近世的变迁，现在我们不必一一详论。总观几万万年的历史，我们现在知道我们中国这一块地皮，并不是生来就这样的，至少经过几次大改革。我说大改革，仿佛给人一个骤起骤落的观念。这个观念是完全错了。我们要知道，一两百万年，在地质学家心目中，只当寻常人心目中的一两天或一两月。地质学家的近世至少要与历史学家的“盘古”以前相当。所以就是过去时代有极快的变更，绝不是整个的山海忽然不见了。现在就有许多事实表示我们现在所居的时代，就是一个地势大改革的时代，即此可想象过去大改革的情形如何。

我一场话虽然多少有点根据，然而不过给大家一个概念。可惜我们所知道的地层学上的事实太少，不能把我们的讨论弄得更有趣味，若是严格地讲起来，我们中国地势的历史还是未知的。要把这个过去未知的中国弄得大放光明，那是全赖我们大家将来的努力。

大地构造与石油沉积

导读

阅读本文，提炼出文章的主要内容，说一说，石油生成的条件是什么？基于作者对大地构造的特殊看法，他提出了哪两点重要建议？我们应该从哪三个方面考虑构造条件？

自从苏联古布金院士把石油地质科学发展成一门专门科学之后，我们对于石油地质的研究，就高度专业化了。我在这方面的研究很少，今天我的发言，只能够根据一般地质构造观点提出一些有关问题，希望这些问题的提出，对我们石油勘探远景计划有些帮助。

大家知道，我对大地构造有些特殊的看法，因此我要求专家和同志们对我有一些耐心。

在提具体问题之前，我先提出两点，这两点与我们石油勘探工作的方向有比较重要的关系。第一，是沉积条件；第二，是构造条件。这两点当然不是彼此孤立的，而是相互联系的。方便起见，我把这两点分开来谈。

大家知道，对于石油生成的沉积条件，最重要的是需要一个比较长的时期，同时需要一个不是太深、也不是太浅的地槽区域，便于继续进行沉积和转变为石油。因为需要不太深也不太浅的条件，所以我们要找大地槽的边缘地带和比较深的大陆盆地。对这些地域的周围，同时还要求比较适当的气候——适当的温度和湿度，以利于有机物的生长。这种气候的存在和动植物的生长，是可以从有机物质（如化石）在岩层中的多少表现出来的，如由煤、油页岩等表示出来，就是说从岩层中所含的有机物的多少，可以看出沉积的情况。以上是关于第一点的概略说明。

构造条件方面，应该从三方面考虑：①大型构造，如盆地、台地、地槽；②中型构造，如断层、节理、片理、小的断层和结构面等；③更小的构造，如颗粒的排列方式、孔隙存在的情况，包括用光学和其他适当的方法来检定岩石颗粒排列的方向——这是属于岩组学的领域，从这一方面得出的结果，往往对阐明流质在岩层中运动的方向有很大的帮助。这三方面的研究，是不应该孤立的，而是应该相辅而行的。

地 壳

导读

地球的表层是怎样的？地质工作者能直接观察到的范围有多大？地球内部是怎样的，它在发生着怎样的变化？地球的表层究竟有多厚？仔细阅读文章，查找资料，说说你了解到的人类对地壳的认识到了何种程度。

原始地球，有些人认为其表面有全球性的海洋覆盖，后来才划分为海陆；也有些人认为，所谓全球性海洋，纯属无稽之谈，自从地球形成以来，有了水就有了海陆的划分，海与陆，是原始地球固有的表面形态。这两种设想，都是空想，都无可靠的根据，也不值得议论。我们现在谈地壳的问题，只好从实际出发，从地球表面现实的状态出发，这个现实的状态，至少在二十几亿年以前就已经基本上形成了。自此以后的地球，只是在有了地壳、陆地、海洋、大气的基础上向前的发展。

地质工作者所能直接观测的范围，到现在为止，只限于地球的表层。这个表层，只占地球表面极薄的一层。但是，构成这一薄层的物质和它结构的形式，却反映了地球在它长期发展过程中，内部和外部各种变化正负两方面的总和。

内部变化，主要是建造性的，但有时既有建造作用，又有破坏作用，例如岩浆（即炽热的熔岩）上升，或并吞和熔化上层某些部分，继而又凝固；或侵入上层，破坏了它的完整性，同时又把它填充、胶结起来，而成为一个新的、比较复杂的整体。外部变化，在大陆上，主要是破坏性的，而在海洋中，主要是建造性的。但有时与此相反，在大陆上某些地区，特别是在干旱和低洼地区，被破坏了的物质，积累起来而成为建造；在海洋中，由于海底潮流的作用，把已经形成的建造，部分或全部冲毁，被潮流带到其他海域，再沉积下来。

不同地方地壳的厚度是不一样的。在漫长的岁月里，地壳厚度在不断变化。

所谓地球的表层，并没有明确的界线。概略地讲，就地质工作者直接观察的范围来说，在某些褶皱强烈的山岳地带，能观测到的厚度不超过十几千米，而在另外一些地层平缓的平原地区，能直接看到的地层厚度那就很有限了。这样的厚度，比起地球的半径来说，那是微不足道的。还必须指出，人们能直接观测的厚度仅仅是地球表层的上部。表层究竟有多厚？也没有明确的界线，更谈不上地壳的厚度。但是，我们可以从这个能见到的表层中，找出与地球漫长的历史发展过程有关的资料。

很早以来，人们根据从地球的表层所得到的印象，逐渐形成了地壳的概念。随着地质科学的发展，地壳的概念逐渐变得比较明确了。但至今还很难指出全球地壳的厚度究竟有多厚，控制地壳形态的主要因素又是如何。

地 热

导读

阅读文章，在文章中找出作者所说的还占着相当重要地位的一种地球起源论是什么，地温增加率是什么，地壳上层和下层有哪些区别，地温是如何向下增加的，地热与地温之间又有怎样的关系。

地球越往深处就越热，地下就好像有个大锅炉似的，有着大量的热能。

有一种地球起源的概念，到现在还占着相当重要的统治地位。就是说地球原来是一团高温度的物质，逐渐冷却，在地球表面上结成壳子，这就叫作地壳。这样形成的地壳，从表面到地球的深部，温度就必然越来越高。

从钻探和开矿的经验来看，越到地下的深处，温度确实越来越高。但地温增加的情形各地不同，同在一地又随深浅而有不同。地温每增加1℃，往下进入的深度名叫地温增加率，在亚洲大致每往下40米增加1℃(我国大庆20米、房山50米)，在欧洲绝大多数地区是28～36米增加1℃，在北美洲绝大多数地区为40～50米增加1℃。这个地温增加率，并不是往下一直不变的。我们假定每深100米地温增加3℃，那么只要往下走40千米，地下温度就可达到1200℃。现今，世界上各处火山喷出的岩流（即为岩浆——编者注），即使岩流的熔点因压力的增加而有所变化，温度也大都在1000℃以上、1200℃以下。据实验结果，玄武岩流在40千米的深度下，它的熔点不过增加60℃。这个数字，看来对熔岩影响甚小，对上述的1000℃以上、1200℃以下的估计没有什么影响。根据地热的情况，地壳的厚度大约在35千米。

以上是从玄武岩的特点来推测地壳的厚度。现在从地球表面的热流和构成地壳各层岩石中所含放射性元素蜕变的发热量来探测一下地壳的厚度。地壳的上层，主要是由花岗岩之类的酸性岩石组成的；地壳的下层，主要是由玄武岩之类的基性岩石及超基性岩石组成的。

花岗岩之类的酸性岩石，平均每100万克每年由铀发出的热量为2.3卡，由钍发出的热量为2.1卡，由钾发出的热量为0.5卡，即平均每100万立方厘米的花岗岩类岩石每年发出13.7卡的热量；

玄武岩之类基性岩石以及其下的超基性岩石，平均每100万立方厘米每年发出3.8卡的热量，其中超基性岩所发出的热量，占极小的比重。

地球表面的热流平均值为每秒每1平方厘米1.25×10^{-6}卡（即每年每1平方厘米40卡），除了特殊的地热异常地区或地带以外，这个数值，最小的不小于0.8×10^{-6}卡，最大的不大于2.24×10^{-6}卡。用平均热流的数值乘地球的全部面积，即得每秒热流总量为$1.25\times510\times10^{10}\approx64\times10^{11}$卡（即每年$20\times10^{19}$卡），其中大陆方面占每秒$22\times10^{12}$卡，即每年约为$7\times10^{20}$卡。假定大陆壳上层的厚度为18千米，地壳下层厚度也是18千米，按上述地壳上下两层发生的热量计算，大陆壳发生的热量为每年5.4×10^{19}卡，差不多可以抵消它失去的热量的80%。可是大洋方面的情况就大不相同，如果假定大洋底上面平均有1千米厚的花岗岩类岩石，其下有5千米厚的玄武岩（实际上在广大的太平洋底只有玄武岩），有人计算过，构成大洋底地壳的岩石发生的热量，抵消大洋底失去的热量不到11%。

以上假定的大陆壳的厚度和海底地壳的厚度，当然是指平均的厚度，上述数据虽然不完全可靠，但也不是毫无根据，从地震观测所获得的大量事实，与上述假定大体上是相符合的。这样推测出来的大陆壳的厚度，与考虑玄武岩流所得出的厚度，也相差不大。

地球上自有生物以来，地面的平均温度，虽然有时发生较大的变化，如大冰期来临的时代，但至少最后三次大冰期并没有使比较高级的生物群灭亡，相反，有些新种族得到了特别发展。这说明尽管地面平均温度下降了，但下降的幅度不会太大。否则高级生物很难继续生存下去，更说不上有所发展。

按前述构成地壳上下两层岩石含放射性元素的特点和它们的厚度来估计，地壳中岩石的发热量，是不够抵消地球失掉的热量的。那么，只有使用地球固有的热量来代偿不够消耗的数额，或者在地球内部不断发生发热的变化来补偿消耗，才能保持地球表面的温度，不至于不断下降；换句话说，在地热潜在储量的问题上，地球要"吃老本"，才能保持它的表面温度。这样一来，就会导致到一定的时候，地球会开始趋于衰老的结论。归根结底，地壳就有不断加厚的趋势。

地球表面的热流量=地温梯度×岩石传热率。

地温向下如何增加，决定于近地面的地温梯度和岩石的传热率，而近地面的地温梯度与地表温度有密切的联系，岩石的传热率基本上是不会变的，所以，如若地球表面温度没有显著的变化，地球表面的热流量也不会有显著的变化。然而事实上，地球表面的平均温度有变化，虽然变化不大，一般认为这种变化，主要是由太阳的辐射热决定的。

根据上述情况，我们可以说地球是一个庞大的热库，有源源不绝的热流。

地热与地温是有密切关系的。地下的等温面一般不是平面，而是随地区和地带起伏不同，同时等温面之间的间隔也是各处不等，在等温面隆起的地方，间隔较小的地方，可以说是热异常区。这种热异常区的存在是比较普遍的，但是直到现在也没有开展普遍的调查。在这种热异常区，取出地下储藏的热能是比较容易的。事实上，我们在钻井时已经遇到大量的热水向外涌出的现象，热水的温度从四五十度到一百多度不等，这样，从地下取出热水并不限于热异常区，在其他必要的地区，也可以同样的方法进行勘测和开发。从地下冒出的热水，往往还含有有用的物质，如若能够有计划地加以调查研究，在适当地点加以开发和综合利用，对祖国的社会主义建设肯定有很大的好处。同时，在这一方面的工作，我们将会站在世界的最前列。

地下的热量可以让我们泡温泉，你还知道其他用途吗？

地震与震波

导读

你知道地震会产生几种地震波吗？这些震波间有什么区别吗？震波传播的速度与什么因素有关？震波在固体和流体中的传播有什么不同？仔细阅读全文，做好归纳笔记。

地震的震中，绝大部分深度不大，但也有少数地震是从地球深部发动的。每一次地震都发出三种不同的震波：

第一种是纵波，又叫疏密波，它传播的方向和受震动的物质摆动的方向是一致的，好像音波一样。

第二种是横波，又名扭动波，物质受这种波动而发生的摆动，并不与波动传播的方向一致，好像拿一条绳子让它摆动时，绳子各点摆动的方向和波动前进的方向是不一致的。

第三种是表面波，这种波又分为两种，在此无须详述，它们仅仅在地面传播，当地震发生时，这种表面波破坏力较大。

这三种波动传播的速率都不等，纵波最快，横波较慢，跟着来的就是表面波。所以，在离震中稍远的地方，它们到达的时间不同，因此从纵波和横波到达的时差，可以计算接收这两种波动的地点到震中的距离。

弹性物质传播这两种波的速度，与它们物质的密度（比重）和某些弹性系数各有一定的关系。它们都是与传播物质的密度（比重）的平方根成反比例。因此，从震波传播的速度，可以推测传播它的物质的密度。

以上这些事实，经过无数次实践的经验完全得到了证实，从理论上也可以得到证明。

另外，根据实践的经验，我们知道，固体既能传播纵波，又能传播横波；而流体只能传播纵波，不能传播横波。

地震波传播的速度，在地球上各处看来稍有不同。从事地震工作的人们所提出的数据也不完全一致，同一个人在不同时间提出的数据也不完全一致。不过，总的说来，只是大同小异。

分层		深度（半径） 千米	纵波（P）速度 千米/秒	密度 克/立方厘米	压力（大致相当大气压）
地壳（大陆）		海平面（6371）	5.5	2.7 2.8 2.9	
	莫霍不连续面	33（6338）			9000
地幔	上部地幔	50 250 低速度带	7.9—8.1 7.8 8.1	3.32	
		413—（5958）	8.97	3.64	140000
		720（最深地震）			270000
		980—（5387）	11.42	4.64	382000
	下部地幔		13.46	5.66	
	深部不连续面	2898—（3473）			1368000
核心	外核心	速度降低	8.10	9.71	
		4703—（1667）		11.76	3180000
	过渡层		10.31		
		5154—（1216）		大约 14	大约 3300000
	内核心	6371（中心）	11.32	大约 16	大约 3600000

另外有人认为，最上一层大约10千米~15千米，纵波传播速度大约每秒5.6千米，横波传播速度约每秒3.2千米，其下有不甚显著的不连续面，这个不连续面下的一层的厚度与上层大致相等，其传播速度是每秒6.2千米。深度45千米左右，传播速度突然增加，不连续情况极为显著。

综合上列数据，可以看出：

（1）地震波在地球中传播的速度，一般越到深处越大。

（2）速度不是均匀增加的，而是达到某些深度时突然增大，达到核心表面又显著地减少。在那些深度，构成地球物质的性质显然有所变化，一般越深越重。

（3）这种突然变化及不连续的现象，标志着地球内部可以划分为若干个同心的球形圈。其中，最上一圈的厚度，一般认为是33千米~45千米，但有的地方较厚，如西藏高原（即为青藏高原——编者注）达到60千米以上；而另外有些地方，厚度较薄，最薄的地方不到30千米，个别地区更薄。这个最上的一圈，就是地壳。

现在我们可以利用地震波判断地球内部的分层，它能让我们更了解构成地球物质的性质。

（4）所有不连续面中，有两个不连续面特别值得注意：一个不连续面，有时称为莫霍面；另一个是深度在2898千米的不连续面，有时称为古登堡不连续面。这个不连续面以上，直到地壳的底部之间的球形圈，统称为地幔。地幔以下的部分，统称为地球核心。

（5）到现在为止，还没有得到横波穿过地球核心的可靠记录。

（6）在2898千米的不连续面以下，地球核心各圈的密度虽然增加很快，但传播纵波的速度，反而比在地幔下部传播的速度显著地降低。

如若把地震波传播的速度和前述酸性岩和基性岩，即硅铝层和硅镁层的分布情况结合起来考虑，似乎硅铝层和硅镁层或硅镁层的上部，都应属于地壳的组成部分。这样，就可以说，地壳的厚度，除了某些大洋或大洋中某些区域以及大陆上某些区域以外，大致可以认为，平均厚度不出30千米～40千米。这个数字，同地热方面推测的数字大致符合。

浅说地震

导读

地震能不能被预报？想要预报地震我们需要掌握哪些信息？地震与地质构造有什么关系？地震发生会有前兆吗？引发地震的内因是什么？我们探索地震预报的主要任务是什么？带着问题去文章中寻找答案吧！

地震能不能预报？有人认为，地震是不能预报的，如果这样，我们做工作就没有意义了。这个看法是错误的，地震是可以预报的。因为，地震不是发生在天空或某一个星球上，而是发生在我们这个地球上，绝大多数发生在地壳里。全球一年大约发生500万次地震，其中95%是浅震，一般在地下5千米~20千米。虽然每隔几秒钟就有一次地震或同时有几次，但从历史的记录看，破坏性大以致带有毁灭性的地震，并不是在地球上平均分布，而是在地壳中某些地带集中分布。震源位置，绝大多数在某些地质构造带上，特别是在断裂带上。这些都是可以直接见到或感觉到的现象，也是大家所熟悉的事实。

可见，地震是与地质构造有密切关系的。地震，就是现今地壳运动的一种表现，也就是现代构造变动急剧地带所发生的破坏活动。这一点，历史资料可以证明，现今的地震活动也是这样的。

地震与任何事物一样，它的发生不是偶然的，而是有一个过程。近年来，特别是从邢台地震工作的实践经验看，不管地震发生的根本原因是什么，不管哪一种或哪几种物理现象，对某一次地震的发生起了主导作用，它总是要把它的能量转化为机械能才能够发动震动。关键之点，在于地震之所以发生，肯定是由于地下岩层在一定部位突然破裂，岩层之所以破裂又必然有一股力量（机械的力量）在那里不断加强直到超过了岩石在那里的对抗强度，而那股力量的加强又必然有个积累的过程，问题就在这里。逐渐强化的那股地应力，可以按上述情况积累起来，通过破裂引起地震；也可以由于当地岩层结构软弱或者沿着已经存在的断裂，产生相应的蠕动；或者由于当地

如果将地下的岩层比作我们常用的尺子，把尺子掰断的一瞬间，也就是说岩层断裂时，地震便发生了。

地块产生大面积、小幅度的升降或平移。在后两种情况下，积累的能量，可能逐渐释放了，那就不一定导致有感地震的发生。因此，可以说，在地震发生以前，在有关的地应力场中必然有个加强的过程，但应力加强，不一定都是发生地震的前兆，这主要是由当地地质条件来决定的。

不管那一股力量是怎样引起的，它总离不开这个过程。这个过程的长短，我们现在还不知道，还有待在实践中探索。但我们可以说，这个变化是在破裂以前，而不是在破裂之后。因此，如果能抓住地震发生前的这个变化过程，就可以预报地震。

可见，地震是由于地壳运动这个内因产生的。当然，也有外因，但它不是起决定性作用的。所以，主要还是研究地球内部，具体地说，就是研究地壳的运动。在我看来，推动这种运动的力量，在岩石具有弹性的范围内，它会在一定的过程中逐步加强，以至于在构造比较脆弱的处所发生破坏，引起震动。这就是地震发生的原因和过程。解决地震预报的主要矛盾，看来就在这里。

这样，抓住地壳构造活动的地带，用不同的方法去测定这种力量集中、强化乃至释放的过程，并进一步从不同的途径去探索掀起这股力量的各种原因，看来是我们当前探索地震预报的主要任务。

地应力存不存在？我们一次又一次，在不同地点，通过解除地应力的办法，变革了地应力对岩石的作用的现实状况，不独直接地认识了地应力的存在和变化，而且证实了主应力，即最大主应力以及它作用的方向，处处是水平的或接近水平的。从试验结果看，地应力是客观存在的，这一点不用怀疑。瑞典人哈斯特，他在一个砷矿的矿柱上做过试验，在某一特定点上的应力值，原来以为是垂直方向的应力大，后来证实水平方向应力比垂直方向的应力大500多倍，甚至有的大到1000倍。

构造地震之所以发生，主要是在于地壳构造运动。这种运动在岩层中所引起的地应力与岩层之间的矛盾，它们既对立又统一。地震就是这一矛盾激化所引起的结果。因此，研究地应力的变化、加强到突变的过程是解决地震预报的关键。抓不住地应力变化的过程，就很难预言地震是否发生。

燃料的问题

导读

在生活中，你是否感受到燃料对于人类生活的重要性？你知道燃料都有哪些种类吗？作者将柴荒和粮荒拿到一起比较，说明了什么？我国的燃料分布情况如何？储存量如何？思考一下，为了中国的发展我们应该怎样做？

自从人类知道用火以后，维持日常生活的最重要的物质，除了食料，恐怕要算燃料。至文化幼稚的时代，所谓燃料者只是树木草卉；燃料的用途，大部分也不过烧一烧食物。到了物质文明发达的今日，无论燃料的种类或用途，花样可多了。试想我们日常穿的、用的东西，有多少不是直接或间接靠火力造成的？试想这世界上有多少地方，假使冬天不生火，还可以居住的？从香水肥皂说到飞机大炮，我们能举出多少件东西与燃料绝对没有关系？是的，什么叫作物质文明，简直就是从燃料里烧出来的。

这一件日常生活的必需物，这一种物质文明的老祖宗，久已成了世界上攘夺的目标，国际政策影射的焦点。法国人一定要抓住鲁尔可以说完全是为这样东西。日本人拼命掠夺我们的东三省，并且还垂涎山东山西，一部分的缘故也在这里。燃料的问题，既是如此的重大，我们当此准备建设的时期，当应有充分的考虑。

燃料的种类很多。现今通用的，就形式上说，有固质、液质、气质三项的区别；就实质上说，不过木材、煤炭、煤油三大宗。其余火酒、沼气、草、粪（中国北方就有地方烧粪）等类，比较起来，毕竟分量很少，用途也极狭隘。实际上算不算燃料，都没有多大的关系。

现今中国的工业，说好一点，不过刚刚萌芽。所需要的燃料，大部分都是供家常的消耗。所谓家常的消耗，大部分就是烧菜、煮饭、点灯而已。这一类的消耗，看起来是很小的事。然而那无数的穷民，为了这一类的事，已经劳苦万状，有时候竟求之不得。乡下人向来把他们需要的东西，按紧急的程度，分了一个次序，叫作柴米油盐酱醋茶。他们偏偏要把柴搁在头一位。这是不是说柴有时候比米还重要呢？除了大荒年的时候，有钱总买得着米，然而在特别的地方，有钱竟买不着柴。米荒有人注意，柴荒

却从来没有人过问。这种奇怪的习惯，犹之乎有了厨房，不管茅厕一样的。

刚才说在特别的地方有钱买不着柴。其实我们要到乡下去看一看，就知道那样的事情并不是很特别的。现在全国的矿业还是如此的幼稚，交通又是如此的不便。乡下人所用的柴，恐怕百分之九十九还不止都是柴草。一生居住在都市的人们，也许不明白个中的实情，像我们乡下的穷人，才知道什么叫作"一粒的艰难，一草的辛苦"。费了九牛二虎之力，弄出两斗黄米，几升黑面，要是没法烧熟，教我们怎样好吃得下去。

然则要救济柴荒，有什么办法？一言以蔽之，曰造森林。请看中国的土地如此之大，荒山荒野如此之多。除了那自生自灭的野草以外，还有什么东西长在山上？这岂不是证明中国人连栽几棵树的能力也没有吗？不错，这几年来，大家都有点觉悟，每逢清明的前后，全国的什么衙门、官署、公共机关，美其名曰植树节，闹得不亦乐乎。究竟植树的成绩在哪里？像这样闹了20年的植树节，恐怕不会有两棵树长成的。

森林的培植，当然不仅仅为了供给燃料，要制造木材原料，要护山陵的崩泻，防止河流的壅塞，造成幽美的风景，都非借森林的力量不可。在北方广漠的地方，如果能造成巨大的森林，竟能多少影响雨量，也是说不定的事。

森林的益处，谁都知道，用不着多说闲话。现在的问题是用什么方法大规模地造林。更紧要的问题是，种了树以后如何培植，如何保护。这自然是政府的责任，否，是政府应该请专家负担的责任。奖励造林，保护森林的法令，固然不可少；怎样造林，造什么林等技术方面的问题，也得及早研究，力大吹不响喇叭，石灰坑里养不活水仙花。不知道土壤的性质，不知道植物的特性，不管害虫的繁殖，不管植物生长的环境。瞎干，蛮干，即使花上十年八十年，也不会得着什么结果。

说起家用的燃料，我们就便说到森林。其实今天最重要的燃料，还是煤炭和煤油。

现今这个时代，还是煤铁时代。制造物质文明的原动力，最大部分就是出在煤身上。那么，要想看中国工业将来的发展，第一步恐怕就得考虑中国究竟有多少煤存在地下。煤不是能生长的东西，用了就没有了。如果我们想保护将来的工业，绝不可把我们大好的煤田随便糟蹋了。开煤矿是比较简而易举的工业，只要运输上有了办法，不愁它没有市场；所以假使我们要想从工业方面，实施中山先生的民生主义，头一件事，恐怕就免不掉建设铁路，开发几个大的煤田。英国的工业发达史已经给我们一个很好的例证。

你知道吗？我们现在使用最多的燃料是煤炭、石油和天然气，这些都是不可再生资源，我们需要倍加珍惜。

因为中国的矿业，还不够发达；又因为中国的矿产，还没有详细的调查（近年来，虽然北京地质调查所有了相当的调查结果，大部分的人还不曾知道），一班人还在那里做梦，以为中国“地大物博”，矿产是取之不尽、用之不竭的。实际地讲起来，中国的金属矿产，除了特种的矿物（如锑、钨等类）外，并不能算丰富，比较美国，那是差多了。唯有煤矿，无论就质的方面说，还是就量的方面说，总算不错。就质的方面说：中国的无烟煤，差不多要占中国总煤量的四分之一，烟煤要占四分之三。就量的方面说：我们现在虽然不能说出一个很精确的数目，然而也曾有人估计一个大概。据民国十年（1921年），北京地质调查所的报告，各省地下储煤的总量，以一兆吨为单位，大致如下：

地区	储煤总量（兆吨）
直隶	2370
奉天	985
热河	930
察哈尔绥远	460
山西	5830
河南	1765
山东	685
安徽	205

地区	储煤总量(兆吨)
江苏	190
江西	815
浙江	12
湖北	13
湖南	1600
四川	1500
陕西	1000
甘肃	1000
黑龙江	160
吉林	160
云南	1200
贵州	1300
福建	150
广西	500
广东	300
总计	23130

以上的估计，未免失之太谨。要是宽一点计算，也许总数可以增一倍，那就是说中国储煤的总量，打宽一点儿，大概有45000兆吨。平常看起来，这个数目，可算得不小。在工业还没有萌芽

我国的煤炭资源很丰富，感兴趣的同学可以搜集最新的资料，看看哪些省份的煤炭资源储量较为丰富。

的今日的中国，每年消费的煤量不过20兆吨左右，这些煤，已经够我们用几千年。可是要和美国的总储煤量比较，全中国的储煤量，不过是其四分之一！这是许多人做梦都想不到的事。我们的工业发达起来的时候，煤的消耗量自然也要增加。再过两三代人，中国最大的矿产——煤——难免不发生问题。然而产不产生问题，是将来的事。现在的问题，是如何爱惜它，如何利用它。

在前面的数据中，我们有几件事应该注意：北方的煤量比南方差不多多一倍。山西一省的煤量，差不多要占北方各省总量的三分之一。山西煤最好的出路是青岛。那么，很明白了，为什么日本人要和军阀勾结，侵略山东，觊觎山西。

在采煤的当地，比如山西的大同、阳泉，河南的六河沟，一吨煤不过值两三元。但在上海、汉口等处，一吨煤有时涨到二三十元，平常也要十几元。这完全是运输不便的缘故。采煤事业，既然是比较轻而易举的，靠得住的有利的实业，将来铁路的布置，就应该以开发几个主要的煤田为计划中的一个重要的事项。

煤的用途很多，里面的副产物都很贵重。假定以前所说的话是对的，假定在我们发展工业计划中，采煤是应先举办的事业，当此准备建设的时期，我们对于全国的煤，就应该有一番彻底的调查和研究。如果来得及，设立一个专门研究煤的机关，纯粹从科学方面着手，也未尝不可。那样一来，全国各大学、各专门学校一部分的毕业生，还愁没有事干吗？何必要请学化学的去做此事呢？

以上是关于煤方面的话。摩托发明之后，世界上燃料的需求发生了新花样，摩托需用液质的燃料。航空事业的骤然发展和海军设备更新以后，摩托的总马力数也骤然增加。如是弱小民族所有的油田，又成了国际政治上一个重要的争夺点。

中国的油田，到现在为止还没有被好好地研究，我们只听说陕西的延长和四川的自流井一带，有若井油者或盐井油。但是产出量颇不见佳。虽然民国三年（1914年）的时候，美孚油行在陕北的延长、肤施、中部三县钻了7口3000尺以下的深井，然而结果并不甚好，他们花了300万元，干脆地走开了。但是美孚的失败，并不能证明中国没有油田可办。就道路的传说，从新疆北部的乌苏、绥来、迪化、塔城一直到甘肃的玉门、敦煌镇等处都有出油的模样。

中国西北方出油的希望虽然最大，然而还有许多其他地方并非没有希望。热河据说也有油田，四川的大平原也值得好好地研究，和“四川赤盆”地质上类似的地域也不少，都值得一番考察。不过油田的研究，到一定的步骤，非花一宗大资去钻探不可，在一贫如洗的中国，现在要像美孚那样，花掉两三百万不算一回事，恐怕没有一家私人的营业敢说那一句话。那么，这种事业只好用国家的力量去干。

有一种石头名叫含油页岩。这种石头经过破坏蒸馏以后，也可提取出一些油质。因为现今世界上煤油的需求量很大，而攒油的供给有限，有若干地方已经开采这种含油页岩，拉它来蒸馏。日本人在抚顺时就是用他们海军的力量去干这件事。中国其他的地方是不是出产此种岩石，这是要请教中国地质学家的。

总而言之，燃料的问题，无论在日常生计上，或大规模的工业上，都是再紧要不过的问题。我们不说建设就罢了，要讲到建设，对于这一件紧要的问题，马上就得想法子解决。到了世界上的煤和煤油用尽了的时候，科学家也许会利用原子能，也许会直接利用太阳的热能，也许有其他的方法代替燃料。不过在现在这个时期，在今日的中国，说那一类的话，还早着呢。

除了煤炭、石油等常规能源外，现在太阳能、风能、核能等清洁能源也使用得越来越多，李四光爷爷的梦想已经成真。

古生物及古人类

导读

这一篇篇幅比较长，涵盖的内容也比较广，在阅读时，同学们要做好笔记，学会边阅读边梳理文章结构，总结内容大意。看看作者从哪几个方面去讲述内容，再提出自己的问题，最后从文章中找到答案。

一、原始生命形态的遗迹

（一）前寒武纪

地球上出现有生命的物质，是地球发展史上破天荒的大事。最原始的生物是在寒武纪以前的时代开始出现的。那些原始生命形态的遗迹（化石）被保存在寒武纪以前的古老地质时代所形成的地层里面。

寒武纪以前所形成的地层，概括地说，可以分为两大部分。一部分为古老的变质岩系，包括变质沉积岩以至变质极深的各种结晶片岩及各种混合杂岩等。这些古老变质岩的形成是从距今约二三十亿年或更早的年代以前开始的。覆盖在那些古老变质岩系上面的，是时代较晚的轻微变质或基本上没有变质的沉积岩系。这一套岩系在我国发育完整，分布广泛，故名为“震旦系”，其所代表的时代则称为“震旦纪”。震旦纪大约开始于距今10亿（？）年前，其延续时间约达4亿年之久。在震旦纪地层上面的，就是寒武纪的地层了。

寒武纪的地层是最早的含有丰富生物化石的地层。它含有大量的动物化石，如三叶虫、腕足类及古杯海绵等。有一些古生物工作者认为，这些大量的较高级的动物不可能是骤然发生的，在它们之前，一定还会有和它们相类似但较为低级的动物，代表它们出现之前的发展阶段。这些更早的动物一定是生活在寒武纪以前的时代。为了证实这个想法，人们曾做出不断的努力，要从寒武纪以前的地层中找到化石。

如前所述，寒武纪以前的那些古老变质岩系，经过多次强烈的地壳运动，以致支离破碎、结晶变质，即使当初含有生物遗体或遗迹，也必然被摧毁，极难从其中找到可以鉴定的化石。但寒武纪以后在那些古老变质岩系的上面，发现了震旦纪的地层（在外国也找到与我国震旦纪地层相当的岩系），它是基本上没有变质的沉积岩系，厚度有时达到数千米甚至一万多米。震旦纪岩系的发现，燃起了人们寻找寒武纪以前的化石的希望。

有人曾根据生物的发展观点，将已知的寒武纪的动物加以分析概括，从而推论出寒武纪以前的动物群应该是由无壳的原生动物、硅质海绵、原始腔肠类、环节蠕虫，无铰合构造的腕足类以及某种类似三叶虫但更原始的节肢动物所组成。但多少年来，在世界各国的寒武纪以前的地层（包括震旦纪地层）中所搜寻到的，只是残缺而贫乏的原始生命形态的遗迹，远不足以证实这个推论。

（二）震旦系及与其相当的地层

在震旦纪的石灰岩及白云岩中比较常见的，是具有同心圆构造的化石。大多数古生物工作者认为它是蓝绿色藻类的群体的钙质分泌物，故又把这种藻类叫作钙藻。

1922年，我国地质工作者在北京西北的南口地区考察地质，通过仔细观察，明确了钙藻中的“中国聚环藻”在震旦系南口灰岩中的层位，并发现了另外两个新种，以后被分别定名为“筒状聚环藻”及“棱角聚环藻”。1924年，我国地质工作者又在长江三峡地区发现了相同的钙藻化石。以后在我国华北及西部不少地区的震旦纪石灰岩中，都陆续找到了这类化石。

华尔科于1906年在美国蒙大拿州的柏尔特系（相当于我国的震旦系）地层中采集并描述了钙藻的许多新种。据雷蒙的意见，其中有些是可疑的，可能是无机质的结核。

最古老的原始植物化石为一种细菌，是在美国密歇根州休伦系（大致相当于我国的滹沱系）的铁矿层中发现的，呈杆状，在高倍显微镜下才能看见，很像现代的“衣细菌”。据说是铁细菌的一种，能将水溶液中的铁质分泌出来，使其沉积成铁矿层。

1915年，华尔科用高倍显微镜观察从美国蒙大拿州基维诺组（相当于我国震旦系）石灰岩中发现的“微球菌”，其直径仅为0.001毫米。

对于上述这些细菌，既缺乏坚硬组织又如此细微，竟然能从寒武纪以前到现在仍保存到可以鉴定的程度，有人（如美国的雷蒙）持怀疑态度。但也有一些人认为寒武纪以前的古老岩系中含有的大量石灰岩、石墨及一些铁矿，是属于有机成因的岩、矿，是通过当时水体中大量细菌及藻类这些原始生物分泌作用而沉积起来的。例如苏联的维尔纳茨基，别尔格和斯特拉霍夫都认为庞大的“前寒武纪”含铁石英岩矿层是由铁细菌形成的。

从蒙大拿的“前寒武纪”石灰岩中，华尔科又曾找到一些没有定形轮廓的化石碎片，认为是与“翼鲎”或“板足鲎”相接近的一种节肢动物的甲壳。但以后被认为是植物，可能是棕色藻的碎片。爱基渥次、大卫等从澳大利亚“前寒武纪”地层中所获得的所谓“节肢动物”，据雷蒙说，可能是同样性质的东西。

在苏联，在乌拉尔西坡的里菲界（相当于我国的震旦系）及西伯利亚的震旦系中，也找到钙藻并分为许多属、种，总称之为“叠层石”。据说在南乌拉尔里菲界的叠层石中曾找到可疑的微体生物化石。1950年，苏联 C. H. 纳乌莫娃在南乌拉尔的里菲界发现了植物孢子，并推测为已绝种的，生长在水边，为水、陆型植物之间的一种过渡型植物。

在捷克斯洛伐克的“前寒武纪”地层中曾找到一种木材石，称为古木，据推测可能属于蕨类。

以上是讲的植物化石，下面我们转到动物方面。

在北美洲，主要是在加拿大南部及美国西部，更先后找到零星的动物化石，其中有些也是可疑的、有争论的东西。在北美洲，对“前寒武纪”化石研究最早，致力最多，费时最久的，还是前面已经讲到的那位美国“权威”华尔科。而对他的工作成果持怀疑甚至否定态度的，则是他的后辈——另一位美国人雷蒙。有关动物化石的发现简述于下。

海绵化石——1911年，华尔科曾描述，在加拿大南部安大略的阿瑟港附近，在“前寒武纪”“陡岩系”的石灰岩中所获得化石标本，将其与寒武纪的一种海绵相比较。以后被证明是无机物所形成，不是生物化石。但华尔科曾报道在美国西南部大峡谷地区的（相当于我国震旦系）上部的地层中，发现了据说是真正的海绵骨针。

腔肠动物（水母及其他）化石——据说在美国大峡谷“前寒武

纪”地层中曾找到过水母化石。从芬兰东部前寒武纪石灰岩夹层中，曾找到一种近于床板珊瑚的可疑化石。

环节动物（蠕虫）化石——华尔科曾描述从美国蒙大拿的“前寒武纪”岩层中找到的蠕虫爬行印迹及所掘的空洞。在我国南沱灯影灰岩中也曾发现过蠕虫穿过藻类所留下来的空洞。

在澳大利亚南部震旦纪地层中找到的化石，据说还有翼足类及原始的腕足类。此外，在欧洲，许多年前，凯耶曾描述从布利塔尼（法国西北部）的变质岩中获得的许多放射虫、有孔虫及海绵，曾一度被广泛接受为“前寒武纪”化石，但也引起怀疑和争论。以后一个法国地质学家指出含这些化石的地层并非“前寒武纪”而可能是泥盆纪。因此，在欧洲曾轰动一时的“前寒武纪”动物群是不足凭信的。

（三）前寒武纪古生物问题

概括上述，从20世纪初期到现在已超过了半个世纪，人们已找到的寒武纪以前的生物化石，在植物方面仅为蓝藻、细菌、棕藻及某些不能作确切鉴定的孢子与仅有的一种木材化石；动物化石方面则为海绵骨针、腔肠动物（水母及另一种可疑化石）、环节动物活动时留下的残迹及翼足类与腕足类。门类虽然也不算少，但重要的问题是，这些零星残缺的生物遗迹，除钙藻外，都是极其少见的，而且它们绝大部分的真实性是有怀疑和争论的。这就使人们突出地感觉到，生物在寒武纪以前的数十亿年漫长的演化过程中，给我们留下的化石竟是如此的贫乏，这与寒武纪一开始就出现的颇为繁盛的和相当高级的生物群，远远衔接不起来。对这一现象如何解释呢？

在18世纪末叶，法国科学工作者居维叶(1769—1832)提出了“灾变论”。他和他的学生迪奥宾尼认为在地质发展史中，地壳运动形成海陆升降的突然变革，或使海涸为陆并隆起山脉，或使陆沉为海，每次都给生物带来一次灾乱，而这种灾乱使地球上一切生物灭绝，以后又由一种所谓新的不寻常的“全能的创造力”，将生物又恢复起来。他们还认定物体是永恒不变的，新的和旧的、高级的和低级的物种之间没有演化的关系。旧的物种在一次灾变中被完全灭绝了，以后由“全能的创造力”又创造出一些新的更高级的物种。按照灾变论的说法，则寒武纪以前的生物就可以认为是在一次地壳运动所引起的灾变中被毁灭得毫无踪影，寒武纪的动物则是以后由什么“全能的创造力”一下子创造出来的了。这是地地道道的形而上学的观点。随着生物科学的发展，特别是在达尔文的《物种起源》一书问世后，这一类带有浓厚宗教迷信的说法就越来越站不住脚了。

由于在我国以及其他国家先后发现基本上没有变质、适于保存化石的那一套寒武纪以前的地层（即震旦系），人们也不能再说寒武纪以前化石的贫乏是因为那个时代的地层屡经剧烈破坏，不能保存化石了，于是转到生物本身上来寻找原因，因而把注意力

集中到另一方面的解释，即寒武纪以前的动物缺乏坚硬的钙质外壳或骨骼，即缺乏被保存为化石的条件，认为这是寒武纪以前化石特别稀少的主要原因。

那么，为什么那时的动物没有钙质骨骼呢？对此，西方的学者根据某些片面的认识，曾试图做出各种解答，主要的可分为以下四种：

(1)因为寒武纪以前的海水中缺乏钙质。

(2)寒武纪以前的海水中含有较多的氯及其他游离的化学元素，使海水变为酸性的，阻止了生物钙质骨骼的形成。

(3)现在能见到的寒武纪以前的地层都是大陆上的淡水停积物，而淡水含钙量很低。

(4)寒武纪以前的动物都是漂浮在海水表层的浮游动物，钙质介壳或骨骼太重，对浮游生活不利，因而没有形成钙质骨骼。只有到了较晚的寒武纪或更晚的奥陶纪，在海底生活的底栖动物才形成笨重的钙质介壳或骨骼。

关于前两种说法，只要看一看我国震旦纪的厚度大而分布又广的石灰岩层，就可以肯定那时的海洋不缺乏钙质；海水中既然含有大量的钙，也就不是什么酸性的了。

关于第三种说法，把寒武纪以前所形成的地层全部说成是大陆停积，是没有根据的。像我国的震旦纪石灰岩，与中、新生代陆相沉积的碎屑岩显然不同。退一步说，即使是陆相停积，也不能作为钙质骨骼不能形成的理由，因为我们知道，大陆上湖水及河水中的动物，如常见的淡水螺蚌，也具有钙质介壳，因而也能被保存为化石。

第四种说法，是雷蒙及布鲁克斯所主张的。他们认为“前寒武纪”动物为适应浮游生活，故无钙质骨骼，但指出可以有较薄、较轻的几丁质或硅质骨骼。这个说法好像能说明寒武纪以前的动物没有钙质骨骼的原因，但并不能解答寒武纪以前的动物化石何以如此贫乏的问题。因为钙质骨骼固然是保存化石的良好条件，而几丁质的介壳也同样能保存为化石，寒武纪地层中保存得很好的大量的三叶虫以及常见的舌形贝，正是具有几丁质的外壳。那么，那些没有钙质骨骼但可以具有几丁质外壳的寒武纪以前的动物，为什么也不能像寒武纪的三叶虫及舌形贝那样被保存为化石呢？

如上所述，西方学者的种种解释，并没有能够真正地解答问题。其实，寒武纪以前生物化石的贫乏并不是什么奇怪的事，因为生物在萌芽和发展的初期，个体的数量就是比较小，分布的面积不广，分布的密度不大，因而能被保存为化石的机会就更少。虽然我们不能排除这种可能性，即今后随着地质、古生物工作的扩展和深入，还会在寒武纪以前的地层中找到若干零星的生物遗迹，但即使如此，由于寒武纪生物群的大发展，包括若干主要门类的生物（如三叶虫等）发展的飞跃，因而在寒武纪以前的古老时代与寒武纪之间,生物的演化是存在着一个很大的不连续(间断)。寒武纪以前的漫长的古老时代，是生物孕育、萌芽和发展的初期阶段，那时的生物群，作为整体来看，它的演化是缓慢的。这种长期的缓慢的演化，为生物体本身准备了质变和大量繁殖的条件。因而一旦到达寒武纪，在适宜的外界环境条件(例如海水的温度、溶解的物质成分及营养物质等)的促使下,就出现一个大发展，从而产生了大量的、较高级的生物。

生物发展的不连续性，在寒武纪与“前寒武纪”之间是异常突出的，但在以后的各地质时代这种不连续的情况还陆续出现，使不同时代的生物群呈现显著的差异。总的说来，在每次不连续之后，就有更高级的生物通过质变的飞跃而出现，因而我们有可能根据不同的化石生物群来鉴别不同地层的先后时代。由于不同时代的地层往往含有不同的沉积矿产（例如震旦纪以前古老变质岩系中的沉积变质铁矿，震旦纪地层中的铁矿、锰矿，寒武纪早期地层中的磷矿，泥盆纪地层中的沉积铁矿，石炭纪地层底部的铝土矿，石炭—二叠纪及中、新生代地层中的煤矿、石油与天然气以及盐类矿产等)，因而古生物学的工作，通过对地层时代的鉴别，在寻找矿产资源为社会主义建设服务方面,具有重大的实际意义。

二、动物界的第一次大发展

地球发展到了寒武纪时期(距今约6亿~5亿年)，就出现了大量的、门类众多的和较高级的动物。寒武纪以前的生命的星火，到这时已成燎原之势。这是地球上动物界的第一次大发展，具有划时代的意义。

从化石来看，在寒武纪初期出现的动物，除脊椎动物外，几乎所有的主要门类都有了。其中最多的是节肢动物中的三叶虫，约占化石保存总数的60%，腕足类动物约占30%，其他节肢动物、软体动物、蠕虫及古杯海绵等共占10%。

腕足动物是具有一对外壳的海生动物。软体动物中有头足类及腹足类。古杯海绵是固着在海底的一种古老生物，具有多孔的内壁及外壁等较为复杂的结构。蠕虫化石由于不易保存，比较少见。节肢动物除三叶虫外，比较常见的则为甲壳类的古介形虫。

寒武纪动物群中最为突出的是三叶虫。它是世界各地常见的化石。我国是产三叶虫化石最多的国家之一，从新疆到苏、浙，从东北到西南，自寒武纪到二叠纪的地层都有三叶虫化石被发现。目前已正式鉴定和描述过的计有376个属，1233个种，还将继续有所增加，其中以寒武纪的为最多。

寒武纪时期最常见的生物是三叶虫，如今我们能在很多地方的岩石里发现它。

三叶虫的种类繁多，形体大小不一，最大的可长达70厘米，最小的不足1厘米。绝大部分的生活情况是游移于海底，以原生动物、海绵、腔肠动物或这些动物的尸体以及海水中细小植物为食。三叶虫是比较高级的节肢动物，如在我国寒武纪初期的页岩中经常可以找到的“莱得利基虫”，其躯体各部分结构已经分化得很好，有头部、胸部及尾部。头部结构复杂，有一对眼睛；胸部有十几个胸节；尾部由若干体节互相融合而成。头、胸、尾部都生有多节的附肢。其他如寒武纪中期的“德氏虫”及晚期的“蝙蝠虫”等，结构也都比较复杂。由于演化迅速，在不同的时期出现不同的种，故三叶虫成为对下部古生代地层特别是对寒武纪各期地层进行划分与对比的标准化石。

寒武纪早期的软舌螺化石，产于我国西南各省寒武纪底部的磷矿层中，故这种化石可作为在西南各省寻找磷矿的标志。

正因为是动物界的第一次大发展，所以寒武纪的动物群一方面含有大量的较高级的动物三叶虫，另一方面也还在某些动物方面保留着一定的原始性。例如，这个时代的腕足类动物是以比较原始的具有几丁质外壳的无铰纲为主，软体动物也是细小的、比较原始的类型如上述的“软舌螺”及“似海螺”等。这也说明了在同一时期不同门类的生物发展的速度不等，显示着发展的不平衡性。

生物演化的历程包括许多次飞跃，而每次飞跃就有更高级的生物出现并形成一次大发展，给当时整个的生物群带来崭新的、繁荣的面貌。在寒武纪以后，动物界还继续经历了多次大发展，而在寒武纪的大发展，则不过是“春雷第一声”。例如，在奥陶纪突然繁殖的笔石群及大型的头足类直角石和珠角石等，在志留纪大量繁殖的珊瑚及腕足类，泥盆纪大量繁殖的水生脊椎动物鱼类，上部古生代繁盛的、具有纺锤形复杂外壳的原生动物蜓类，中生代的恐龙之类的大型爬行动物以及新生代的哺乳动物，如此等等。所有这些盛极一时的动物，都是经过质变的飞跃而产生并大量繁殖的。它们的出现，使不同时代的动物群具有不同的时代特征。

三、植物界的第一次大发展

地球上的植物，是以最原始的形态先出现在海水(或其他水盆地)中。有漫长的时期陆地上基本上没有植物，几乎到处是荒山和荒漠。大地换上绿装，是开始于泥盆纪(距今4亿~3.5亿年前)。

在泥盆纪以前，主要是生长在海水中的原始的水生植物，一类是单细胞、单细胞群体且没有叶绿体的细菌和蓝藻；另一类是单细胞、单细胞群体或多细胞而具有叶绿体的其他藻类。在北京人民大会堂的大理石磨光的地面上，有很多一环套一环的美丽花纹，很像是寒武纪以前的钙藻化石的各式各样的剖面。

我们知道比较确切的第一个相当繁盛的陆地植物群就是泥盆纪植物群。也就是说，地壳发展到了泥盆纪，植物才大量从水中“登陆”，实现了从“水生”到“陆生”的飞跃，而随着这个水陆环境的变革，一些新的陆生植物迅速繁殖，并有原始的裸子植物出现。这是植物界的第一次大发展。

在志留纪末期已开始繁殖，而到泥盆纪早期和中期达到繁盛顶峰的植物群，以裸蕨为代表，称为裸蕨植物群。裸蕨是最原始的陆生植物。这种植物的根、茎、叶的分化还很不完全，没有叶子，只有枝的分叉，细弱的茎和枝都裸露，故得名。

具有叶子的植物（虽然是微弱的孢子叶），如鳞木植物中的原始鳞木，在泥盆纪中期已经大量出现了。值得我们注意的是，在泥盆纪中期，也开始出现了高达数米的小型乔木或灌木，像种子蕨一类的植物。种子蕨一类的植物化石，是已发现的最古老的显花植物化石。

到泥盆纪晚期，裸蕨完全灭绝，代之而起的是大型的古老羊齿植物，叫作古蕨。这时很多植物已经是大型乔木，叶子发达、茎干粗壮，如鳞木类的圆痕木就是这种乔木的一种。这时丛林高树，呈现空前的繁荣景象。

对于泥盆纪陆生植物的迅速繁盛，人们往往感到是很突然的，因为在比泥盆纪更古老的地层中，迄今没有找到可以作为泥盆纪植物发展前一阶段的所谓过渡型的化石植物群。根据现有的资料，不仅太古代和元古代只有原始海生菌、藻为比较可靠的植物化石，而下部古生代，从寒武纪一直到志留纪中期的植物化石，也仍然是以海生菌、藻类群为主。

从泥盆纪前期的原始海生菌藻植物占统治地位转到泥盆纪陆生植物占统治地位，这种转化，是植物界发展中的一次大飞跃。

因而，植物界的演化在泥盆纪以前的时代与泥盆纪之间，形成了一个明显的不连续（间断）。植物界在泥盆纪以前的漫长时期的演化，为某些类型的植物的飞跃发展创造了条件。志留纪与泥盆纪之间的地壳运动，使大陆普遍上升，海水撤退，海面缩小，因而原来为海，特别是为浅海的地区，变为低湿的平原或具有洼地的丘陵地带。这是促使那些本身具有一定条件、能适应这种环境变革的植物从水生转为陆生的外界因素。

泥盆纪陆生植物的迅猛发展只是植物界的第一次大发展，此后还有多次大发展。而每次大发展包括若干门类中某些植物的质变的飞跃，因而在每次大发展中就有更高级的植物出现。例如在石炭纪、二叠纪构成茂密森林的鳞木、封印木、芦木、科达树、大羽羊齿等，在中生代特别是在侏罗纪最为繁盛的裸子植物，在第三纪最为繁盛的被子植物等，都是植物界各次大发展中的产物。它们的繁殖给不同时代的植物群带来不同的特征，因而我们能够利用这些植物化石来鉴别含化石地层的时代。由于这些古植物在一定的地质时代是“成煤植物”，我们可以把这些植物化石当作标志，来寻找各个产煤的地质时代的煤层。

四、古生物工作中涉及进化论的一些主要论点

生物工作者很清楚不能撇开古生物的调查研究工作，他们借助于古生物学的资料，有力地促进了进化论的形成和发展。

生物界在过去曾受许多和地球本身的历史有关的改变，这种思想首先表现在法国科学工作者布丰(1707—1788)的著作中。按照布丰的意见，在地球上有了生物的时候，生活条件(包括地理和气候条件)的改变必然反映在有机体的结构上，使有机体发生变异。这种见解可以说是进化论的开端。

与布丰同时的瑞典植物学工作者林奈(1707—1778)所倡导的“特创说”，认为万物既经创成，永久不变。林奈在当时声名很大，所谓“特创说”风靡全欧。当时教权强盛，由于受到宗教监察的迫害，布丰在他出版较晚的著作中不得不删掉或修改与宗教相矛盾的部分。

布丰关于物种演变及从简单发展到复杂的见解，为法国著名的自然科学工作者拉马克(1744—1829)所广泛宣传。拉马克是无脊椎动物学的创始人。他在1815年的著作中，将他的生物进化学说总结为四条：

(1)生命以其固有的力，趋向于不断地增大每个生物体的体积，并扩大生物体的各部分，直到它所能达到的限度。

(2)动物机体的新器官的产生，是由于增加了使动物不断地感觉到一种新的需要的结果。

(3)器官的发展及其活动的力量，是经常与其运用成正比例。

(4)生物体的组织在个体生活过程中已经获得的、废弃的以及改变的一切性能，被保存下来并遗传给遭受过这些变化的个体的后代新个体中。

上述四条是互相联系、不可割裂的。第二条曾被称为动物器官根据“欲望”而演变的假说，这显然是把这一条和其他各条割裂而加以歪曲，因为拉马克并没有说动物的欲望直接影响它的形体，而是说变更了的需要引起生活习性的变更，从而导致新器官的形成或原有器官的改变。这可以同第三条即著名的“用进废退”定律联系起来看。按照拉马克的意见，动物的新的“需要”是由外界环境的变化所引起的。环境的变化导致动物产生新的活动方式，从而引起器官形体的增大或产生其他方式的器官能。反之，动物体其他部分的废而不用，就导致这部分的退化。只有这些有结果的实质的变异才被遗传，这就是上列第四条，即获得性的遗传。拉马克举出了一些实际例证。例如，非洲长颈鹿的祖先，原来是颈子并不长的普通鹿，后来因气候变化，地上的草变少了，不得不经常伸长颈子和前腿来吃树上的嫩叶，这样经过多少世代，颈子和前腿愈来愈长，终于形成长颈鹿。

动物的体形可能是随着生存环境变化而进化的。找一找还有没有类似长颈鹿这样的例子。

拉马克虽然受了18世纪形而上学的思想教育，却敢于和当时占绝对统治地位的形而上学观点展开斗争。他反对林奈的“特创说”和居维叶(1769—1832)的“灾变论”，打击了物种不变的观念。

与拉马克同时期，以研究动物体内部结构为主的圣希雷尔（1772—1844），他的一些见解具有生物进化论的思想因素。例如他认为在同一门范围内动物体结构上的变异，是由于外界环境的直接影响所起的作用。在这一观点上，圣希雷尔是达尔文主义的先驱者之一。但是，他所提出的关于全部动物界具有一个“原来的、统一的结构图案”的说法，却又违反了生物发展观点。

值得提出的是1830年7月圣希雷尔和居维叶这两个法国人之间展开的著名的论战。论战的主题是关于软体动物与脊椎动物的机体结构是否像圣希雷尔所说的为一个“统一的结构图案”问题。“统一结构图案”的说法，恰恰是圣希雷尔错误的一面。论战的结果是形而上学者居维叶等人胜利了。但实际上适得其反。由于在论战中一些科学工作者和哲学工作者展开了一般原则性的争论，使进化观念的拥护者澄清了某些错误，找着了更正确的途径来证明他们的观点。因此，这次论战反而有助于以后进化理论的发展，这是居维叶所意料不到的。

在18世纪，瑞典人林奈对生物分类学做了大量工作。但他认为一切生物都是由神所创，各有天赋特征，固定不变。这就是上面已提到的“特创说”。居维叶在研究化石方面颇有建树。由古代生物的遗体或遗迹所形成的化石，本是生物演化的一种有力的实证，而居维叶则终生反对生物进化的理论。但和他的意愿相反，他自己在分类学、比较解剖学和古生物学方面的大量工作成果，却为19世纪后半期唯物主义生物进化学说的确立，提供了有力的根据。

在19世纪中叶，达尔文(1809—1882)一方面承继了布丰、拉马克等前人关于生物发展学说中的正确论点，并集其大成；另一方面通过他自己长期调查研究的创造性实践，把生物发展的理论提高到更完备的、更成熟的阶段，确立了进化论。

达尔文学说的主要内容可概括为四部分：

(1)变异性与遗传性。肯定了变异性是生物的共同特性；变异的主要原因是生活条件的变化。引起变异的生活条件如果保持下来，这种变异就会遗传给后代，而且会一代一代地加强。这就是“变异累积定律”。

(2)人工选择，获得新品种。人类对那些产生符合人类需要的变异的家畜和作物，连续进行选种，使变异愈来愈显著，因而获得具有显著差别的家畜和作物品种。

(3)自然选择，适者生存。自然界中影响生物进化的要素和人工选择相类似。在自然条件下，由于生物彼此之间及生物与周围环境条件之间的复杂关系，在较长的时间过程中，那些较不完善的，即对环境的适应性较差的类型，就会逐渐被淘汰；那些较能适应周围条件的类型就会保存并发展。

(4)新种的形成。在自然选择过程中，逐渐发生性状差异的加强和累积，于是在同一个种之内形成了各种不同的变种，变种之间的差异进一步加深，就成为各种不同的新种。

达尔文与拉马克的学说，在生物的发展观这个大方向上是一致的，在个别具体论点上还有不尽相同之处。例如，对于变异与遗传的解释，拉马克侧重在生物器官"用进废退"这方面，达尔文则较全面地阐明了自然选择的作用。

值得提出的是，德国动物学工作者海克尔（1854—1914）所建立的"重演说"，认为生物个体发育的各个阶段，是将这个生物所属的种族从远古祖先历代演化的一系列状态（历史变化，又称系统发生），在一定程度上重新表演出来。海克尔指出，个体发展的历史，是种或种族的发展历史的简短重复。各种多细胞动物的个体发育，特别是在幼虫时期，都经历大体相似的阶段，这表明了动物起源的共同性。海克尔的演说，有力地支持了达尔文的进化论。

自1859年达尔文的《物种起源》一书问世后，生物进化的思想逐渐为人们所接受。过去在一定程度上借助于古生物学资料而逐步形成和发展的进化论，反过来促进了古生物学的发展。但是，究竟是什么力量推动了生物的发展，这显然是进化论的关键问题。庸俗的进化论者扩大了达尔文学说中的缺点，片面地强调外因的作用，否认内部矛盾是事物发展的根本原因，只承认事物的渐变，否认质变的飞跃，这是极其错误的。

与生物发展学说密切关联着的遗传学中，出现了一些不同的论点。有些形而上学的论点，例如认为各种有机体内都具有永生和不变的有机质，把它们的特点一代一代地传下去，这样就为资产阶级的“优生学”和法西斯的“种族主义”提供了一种理论基础，这是极端错误和有害的，应予严厉批判。不过那些论点同以化石为研究对象的古生物学关系不大，不在这里讨论。

五、人类的出现

自然界中生物的发展，终于导致人类这种能改造和征服自然的特殊生物的出现。

真正的人，能制造工具的人，出现在最近100万年之内。对悠远的地球发展史来说，100万年只是一个很短暂的时间，但和人类有文字记载的历史相比，毕竟是太远了。人们总想弄清这100万年之内发生的事情。

最初，在世界各民族中都流传着关于人类起源的各种神话和传说。拉马克在1809年出版的《动物哲学》这本书里，指出人类是起源于类人猿，才开始突破了传统的神话传说并震撼了宗教迷信。达尔文在1871年出版的《人类的起源与性的选择》一书中，指出人类和现在的类人猿有着共同的祖先，是从已灭绝的古猿演化而成的，从

人是从古猿进化来的，不过人类可以制造并使用工具，动物则不能。

而阐明了人类与动物的共同性，进一步奠定了人类在动物界的位置。伟大的革命导师恩格斯在1876年写的《劳动在从猿到人转变过程中的作用》的著名著作中，运用辩证唯物主义的观点，揭示了人类起源和人类社会产生的规律，提出了劳动创造人的科学论断。恩格斯不仅肯定了人类与高等动物的一般的共同性，更重要的是指出了人类与动物最本质的区别，即人类能制造工具并使用工具从事劳动，来支配和改造自然，而一般动物则不能。本身具备着可能发展条件的人类的远祖，正是在一定的环境条件下从古猿分化出来之后，通过必需的生活活动，使前肢解放为手，用双手制造并使用工具来改造自然，在改造自然的进程中逐步改造了自身，终于由接近类人猿的原始人发展成为现代人。

人类的发展可以分为四个阶段：古猿—猿人—古人—新人。在我国发现的“中国猿人”“马坝人”及“山顶洞人”，分别属于猿人、古人及新人阶段。实际上，每个阶段都包含着人类在发展中的一次质变的飞跃。

（一）人类发展的第一阶段——古猿开始从猿的系统中分化出来。

人类究竟是在什么时候从猿的系统中分化出来的呢？对于具体时间，现在还有不同意见，但都认为是在第三纪的某一个时期，可能是中新世或其前后，即在渐新世晚期到上新世早期，距今约3000万年 ~1000万年。至于能制造工具的人的出现，却在第四纪，即在最近的100万年之内。从猿的系统分化出来之后，一直到能制造工具的人的出现，这一段漫长的过程，是真正从猿到人的过渡阶段。

在中新世或其前后，由低等猿类中分化出现了大型的类人猿。将现代类人猿体格结构的解剖性状与这种古代类人猿化石进行比较研究，可以知道古猿躯体各部分结构，是在高级动物中与人类最接近的。正因为古猿本身结构具有与人相接近的性状，在一定的外界环境的作用下，古猿才有可能离开猿的系统而向着人的方向发展。

在树居生活环境的影响下，古猿躯体各部分在漫长的岁月里发生着缓慢的演化。例如它们在树上生活时，常用前肢（手和臂）采摘果实和捕捉小虫，后肢（腿和脚）则紧握树的枝干以支持全身重量。又如，它们在树上依靠“臂行”来移动，即用前肢攀握树枝来移动身体。当用前肢向上攀缘时，后肢就会呈现直立的姿势。长期这样的活动，就引起骨骼和韧带结构上的某些变化，为手和脚的进一步分化及两腿直立行走的进一步发展创造了条件。

古猿生活的森林消失了，它们只好来到地面上生活并开始直立行走，这是古猿进化过程中的一次质的飞跃。

依据古气候资料，可能是由于在第三纪早期即已开始的地壳运动，使大陆上升，引起气候及地形的变化。在第三纪中期，北半球中纬及南纬的广大地区，气候变冷和干旱，森林大片消灭。在第三纪中新世末期和上新世早期，古猿生活的地方已经不是大片连续的热带森林，而是有草原间隔的树丛。因此，古人类工作者认为，大片森林的消灭，是促使古猿从树上转到地面并逐渐运用两足行走以适应地面生活的外界因素。

古猿转到地面生活后，开始时可能像现代类人猿以半直立的姿势行走，即当后肢起立行走时，仍需弯着腰用前肢手指的背面着地来起支持作用。等到前肢离开地面，完全用后肢行走并可支持全身重量时，前、后肢就发生了决定性的分化。从四肢着地到两肢直立行走，是古猿从猿的系统分化出来之后的一次质的飞跃。

在欧洲和亚洲发现的第三纪上新世早期的“森林古猿”，化石比较零星，多为牙齿和上下颌骨碎片。其中有的种类与现代的某种大猿相似。另外，像在印度发现的某些古猿化石，就显示与人相似的性质。

在非洲发现的几种类型的似人似猿的化石，总称为“南方古猿类”化石。这类古猿化石是在第四纪更新世早期的地层中发现的，但它们向着人的方向发展，很可能是在更早的时期，即在第三纪后半期已开始，而一直生存到第四纪更新世早期。有的古人类工作者认为，南方古猿是生存在第三纪之末与第四纪之初。总之，根据目前的认识，南方古猿类是代表在猿人以前的人类发展阶段。

南方古猿的各部分化石骨骼都显示与人相似而与猿不同，而且所有骨骼的解剖性状，都一致表明它们已能直立行走，头脑较为发达，脑量（450毫升～650毫升）高于一般化石猿类和现代类人猿。它们是处在人类最原始的蒙昧时代，已经在生活活动中本能地使用石块、木棒等天然工具，但一般还不能制造工具。

在我国广西柳城和大新等地的山洞中发现的“巨猿”（或称“巨人”）化石，从其牙齿和下颌骨异常硕大等特点看来，可能是似人的古猿系统上灭绝了的一个旁支。

许久以来，能制造工具的猿人一直被当作最早的人类。至于南方古猿究竟是猿是人，则争论很久。目前古人类工作者已基本上一致认为，南方古猿在发展进程中已经经过从四足着地到两足直立行走的质变，应包括在人的范围之内。人类的范围因此扩大了，由于南方古猿远比猿人更早，人类的历史也因之大大延长了。

1959年，英国人利基在东非坦桑尼亚奥杜威峡谷中发现了一个头骨，定名为“东非人”。产化石的地层经过同位素年龄鉴定，证明“东非人”生存的时代是在157万～185万年前。经过激烈的争论之后，1961年将“东非人”改名为“南方古猿鲍氏种”，即属于南方古猿类型。

1960年，利基又在发现“东非人”的同一地点发现头骨和其他骨骼化石，因层位比“东非人”稍低，当时曾称之为“前东非人”，1964年又将其正式学名定为“能人”。近年来有不少古人类工作者主张“能人”也应归入南方古猿类型，其生存时代是在178万年之前。

（二）人类发展的第二阶段——猿人。

猿人是第一次能用双手制造工具的人，它和那种只能本能地使用自然工具（石块、木棒）的一般南方古猿有了本质的区别。猿人能用双手制造石器，显示手的发展有了质变的飞跃。这种质变当然引起脑部以及全身各部分的相应发展。

古猿人的第二次大飞跃是能够使用工具进行狩猎和采集果实。

中国猿人（全名为“中国猿人北京种”，或简称“北京人”）在我国的发现，是对古人类学的一个重大贡献，其被发现于北京西南周口店的石灰岩洞穴中。从1927年至1937年陆续发掘到头盖骨、下颌骨和许多牙齿及其他骨骼，中华人民共和国成立以后继续有发现。这些化石显示中国猿的人头骨远比现代人低，头额向后倾斜，面部向前突出，眉脊高高突起，牙齿比现代人大而粗壮，脑量（1075毫升）则比现代人小，下肢骨基本上具有现代人的形式，前肢已发展为能制造工具的手。但股骨、胫骨的内部结构仍有若干原始性质，类似现代的大猿。

根据猿人骨骼化石及和它们同时发现的兽骨和石器的研究，中国猿人生存的时代属于旧石器时代的早期，距今约40万年前。

他们结成原始人群，生活在猛兽环伺的山林和原野中。他们共同制造工具（主要是石器），用以狩猎和防御野兽并采集植物果实，栖息在山洞内，已能掌握和使用天然火。

在我国陕西蓝田发现的中国猿人蓝田种的头骨与下颌骨，与上述中国猿人北京种基本相同。但蓝田猿人生存时期较早，距今约60~50万年。

在外国，有在爪哇发现的爪哇直立猿人，在北非阿尔及利亚发现的阿特拉猿人以及在德国发现的所谓海德堡人等。根据目前的认识，它们和中国猿人的生存时期虽然可能有先后参差，但都属于距今大约50～40万年以前的旧石器时代早期的猿人。

（三）人类发展的第三阶段——古人。

从体格的形态结构上来看，古人是介于猿人与新人之间。在地质时代上，古人比新人为早，生存的时代可能是在更新世晚期之初，距今大约10多万年以前，文化比新人为原始，属于旧石器时代的中期。由于最早的古人化石是1856年在德国的尼安德特山谷中发现的，在人类学上常把古人化石统称为尼安德特人（简称“尼人”）类型。

根据典型的化石，古人的腿比现代人短，膝稍曲，身矮壮，弯腰曲背，嘴部仍似猿人向前伸出，也没有下巴的突起。古人制作的石器比猿人的有很多改进，这说明古人的手部结构有了新的发展，因而更加灵巧。脑量（1350毫升）比中国猿人的大些，脑

子的结构复杂些，具有比猿人更高的智慧，可能已经会取火，能猎获较大的野兽，并用兽皮做简陋的衣服，和猿人相比，古人的劳动范围扩大了，生产力提高了。所有这些情况，都显示古人在发展的进程上比猿人又向前跃进了。

古人发明衣服和取火，是在人类发展史中继猿人创造石器之后的两件大事。因为，像我国关于远古的传说那样，“钻燧取火，以化腥臊”，就能扩大食物的范围。同时能制作衣服和随时随地能取火御寒，就能适应不同地区的各种气候条件，扩大了人类的活动领域，因而古人能分布在亚、非、欧的广大地区。由于劳动协作的需要，在古人阶段的末期，应已具有形成原始社会的基本条件。由蒙昧的群居到社会组织的形成，是人类发展史上的一个非常重大的飞跃。

古人的第三次大飞跃是穿上了自己制作的衣服，并能够用火制作美味。

在我国已发现的古人化石，有广东曲江的马坝人、湖北西部的长阳人，山西汾河流域的丁村人及内蒙古的河套人。这些化石的发现，显示当时华北、华南都有原始人类在生活着。马坝人和长阳人生活在江南时，江南气候温热湿润。在密林丛草中生活着大部分与现今在那里生活的相似的动物，如熊猫、犀牛等。丁村人生活在太行山西边的汾河流域，当时那里的气候比现在要温暖些。他们经常活动在汾河两岸的广阔地区，在那里制石器、取饮水、猎野兽。河套人居住在内蒙古萨拉乌苏两岸。丁村人制作的石器，比中国猿人时期有显著的进步，出现了比较精细的石器，制作石器的技术有较大的提高。

（四）人类发展的第四阶段——新人。

新人是古人的后裔，但在发展上又有了新的飞跃。这种飞跃首先表现在新人的体质结构和形态上，除去某些细节外，它们非常像现代人，已属于“智人”种，即现代人种。新人化石所显示的体质特征是：身材比较高大；四肢的特点是前臂比上臂长，小腿比大腿长；直立行走的姿势和现代人一样，不像古人那样弯腰曲背；颅骨高度增大，额部隆起，下巴突出；平均脑量与古人相同，但大脑皮层的结构更复杂化。

新人开始出现于最近10万年之内，即更新世晚期的中叶。这时期的文化是处于旧石器时代的晚期。它们的分布比古人更为广泛，亚洲、非洲、欧洲、大洋洲和美洲，都发现了这一类型的人类化石。

在我国发现的新人化石，在华北有周口店的山顶洞人，在华南有广西的柳江人和四川的资阳人等。这些新人化石头骨显示出黄种人的特征。在法国发现的新人称为克罗马农人，则具有某些白种人（欧罗巴人种）的特征。

新人的劳动经验和技能有了更大的进步，会制造复杂的石器和骨器，是机智的猎人。它们取火烤煮食物，大大地减轻了用嘴巴撕咬生肉时的劲力，因而原来向前突出的嘴巴向后退缩，而且在嘴巴下面出现了向前突出的下巴。山顶洞人的劳动工具有骨针，显示它们能用兽皮之类缝制衣服，比古人的那种简陋衣服应该有了改进。

由于劳动效率提高，新人开始能腾出时间来从事艺术活动。例如山顶洞人除制作劳动工具之外，开始制造比较美观的装饰品，如穿孔的小石珠，挖孔的兽牙，磨孔的海蚶壳和刻纹的鸟骨管等。这些艺术品的制作，需要较高的技术。在欧洲（法国、西班牙、苏联）曾在新人（克罗马农人）居住过的洞壁上发现了以动物为题材的壁画。

从新人阶段起，现代各主要人种开始分化出来。例如上述在我国发现的山顶洞人具有黄种人的特征，是蒙古人种的祖先；在法国发现的克罗马农人具有白种人的特征，是现代欧洲白种人的祖先。

人类文化的发展，经过新人阶段的旧石器时代晚期以后，先后进入新石器时代及金属时代。愈到后来发展愈为迅猛。从新石器时代的开始到现在至多不过一万年左右，金属时代的开始到现在不过数千年，人们开始利用电能到现在不过一百多年，原子能的利用则仅是最近几十年的事；而新石器时代以前的发展阶段，则动辄以数十万年到千百万年计。由此可见，人类的发展不是等速度运动，而是类似一种加速度运动，即愈到后来前进的速度愈是成倍地增加。

人类起源于中亚吗

导读

提到人类的起源，恐怕很多人最先想到的就是猿猴，可是在地球上，猿猴的种类有很多。你知道各种猴子和人类的相似程度都不一样吗？你知道哪种猴子与人类关系最密切？试着总结一下布氏立论的主要内容。

近年来，因为美国纽约天然历史博物馆的第二次亚洲探险队，在内蒙古和天山北路一带，发现了许多爬虫和哺乳动物的遗骸；并且证明北美洲古代的爬虫有许多是亚洲种的后裔；一班研究高等动物进化程序的人，愈觉得中亚是大多数高等动物发祥的地方。人类学者对于此种发现，尤觉饶有趣味。就是第三次亚洲探险队的领袖安竹士氏自身，也曾再三声明，说他们到内蒙古最大的目的，正是想证明这种假定根本没有错误。他们还抱有极大的希望，去找人类始祖的遗骨。

中国领土内的发掘事业，是不是应该烦外国人代劳，第三次亚洲探险队的目的，是不是纯粹限于科学事业，我们虽不敢断言。但是，我们可以说，他们的工作，对于哺乳动物和人类的发展史的确有不少的贡献。从他们过去的成绩，不难推测他们工作的情形和他们主要的目的。

提起人类起源的问题，恐怕没有多少人不联想到猴子的身上去。可是猴子的种类很多，各种猴子与人相去的程度也不大相同。达尔文曾经说过：最高级的猴子与最低级的猴子相比，它们的差别，恐怕较最高级的猴子与最低级的人类的差别还要大。所以考查人类的起源，在一方面固然可以从人类自身追溯，而另一方面还少不了要查猴子进化的历史。在现在这个世界上生存的猴子，种类已经不少；还有许多种类，久已灭迹了。所以我们如若想研究猴子的发展史，除动物学上的工作外，还得要借鉴古生物学。北京协和医学院的布拉克氏，最近在中国地质学会会志第四卷第二号上，发表了一篇文章，搜罗一切关于古代猴子分配的事实，并说明其如何分配

你知道达尔文的进化论吗？我们人类竟然是由猴子衍化而来的，你还可以搜集其他相关的资料读一读！

的原因，极得要领。凡属留心人类起源者，似乎不可不读。

布拉克的讨论，共分三步。第一，由现今世界的地势总说猴子与猿人传播的情形。第二，从古代的地势观察它们传播的程序。第三，古亚洲大陆的形状组合对于猴子的进化及其传播应有的影响。

在第一步的讨论中，布氏根据莱德克和马太的意见将赫胥黎所谓大北动物区域及大南动物区域分为五大区：①全北区，包括北亚、中亚、欧洲全部、非洲北部、美国的大部分及墨西哥的北部；②远东区，包括中国南部、印度及南洋群岛（即为马来群岛——编者注）；③南非区，包括非洲中部、南部及马达加斯加群岛；④澳大利亚区；⑤新热区，包括中美及南美洲全部。

现在生存于这些区域的猴子，以及在这些区域中已经发现的猴子化石，种类虽然不少，但其中最显著的分配，都有一个相同的系统。例如狐猴类中现在生存各种，几乎有一半都限于马达加斯加群岛；其余有若干分布于非洲大陆，若干分布于远东区的东南境。而在此二区域生存的狐猴，不独无同种，并且无同族，证明它们共同的祖宗，必定久已消灭。在全北区中，现在绝无狐猴。可是在中国北部以及北美洲、欧洲都有初级狐猴生存的遗迹。那些初级的狐猴皆属于古新乃至初新时代。就进化的阶段讲，它们发育的程度，大致相等；而它们一部分散布于美洲的北部，一部分散布于欧洲，无怪乎马太、斯特苓诸氏相信此等猴类，必有共同的祖先，那些祖先发祥之地，应该在欧洲与北美间之某处，中亚恰合这种条件。

布氏说及广鼻猴类的分布，全限于新热区。它们与人类的起源无关，兹不必说。与人类有直接关系的猴子，乃是狭鼻猴类。其中猕猴、人猿两族，与现今人类的发育最有关系。

猕猴可分为两亚族。其一体格较小，又称为小猕猴宗；其他体格较大，可称为大猕猴宗。古代小猕猴的遗骸，曾经发现于波斯、希腊、意大利及埃及等处。它们都属于次新及更新时代。现今的小猕猴，分为两支，一支分布于非洲；一支所谓天狗猴类，其分布限于远东区。俾路支到红海一带，绝无小猕猴的踪迹。所以从小猕猴在古代及现在分布的情形看起来，布氏唯有假定中亚为其发祥之地，才可说明其连续传播的事实。从大猕猴在欧亚非三洲分配的情形推论，布氏得到了同样的结案。

说到人猿族。此族中现今存在者，有长臂猴、大猩猩、山般子、西猕猩猩等类。其中大猩猩及山般子的分布，限于非洲赤道一带。长臂猴和西猕猩猩都在远东区的热带附近，如中国云南、琼州以及越南、南洋群岛各处。这四类猴子，就其身体的构造而言，长臂猴最特别。大猩猩和山般子颇相类似。西猕猩猩与前说两类比较，相差颇大。所以布氏推测人猿族的祖宗必定发祥于非洲与远东区之间的地域，而且必定经过长时间的变化，它的子孙才发生今天体格上的差异。布氏的这种断定，有许多初级人猿类的化石以为佐证，那些化石产于印度的北部及欧洲的南部。他们都属于少新及次新时代。其中最有力的佐证，是有许多事实，表示欧洲的初级人猿，比他们在印度的同类，离祖宗发祥之地较远。

在第一步讨论中，布氏最后提及各色人类的分布。其中有三点最足以使我们注意：①一切现今的初级人种，如日本之虾夷、非洲之学江、南非洲之博托库多都分布在全北区的边陲，或其附近。②现今已经发现的猿人化石，在东方的要算爪哇直立猿人，在西方的要算皮尔当人及海德堡人。这两批人类几乎同时传播到欧亚大陆的两端。大概第四纪的初叶——但是严格地讲起来，爪哇直立猿人到爪哇的时期，稍许在先。皮尔当人和海德堡人到欧洲的时期，稍许在后。③在爪哇曾经发现澳大利亚人的祖先。这些事实仿佛都表示人类的传播，都是由亚洲的中央向四面八方移动的。

布氏立论，完全根据马太意见。马太说："无论什么是使一个种族进化的原因，在那个种族发祥之地（也可说是他传播的中心），他的进步常常最快，并且在同地应其环境的变更继续进步。每次进步，必致较高级的种族向外传播，仿佛波浪。所以在一定的时候，最高级的种族，离传播的中心最近。最守旧的种族，离传播中心最远。"根据这种意见去看以上所述各项事实，我们似乎不能不承认布氏的结论；那就是自第三期的初期以至近代人类发生之日，中亚为大多数高级动物发祥之地。

布氏第二步的讨论，是利用葛利普氏最近所编的古代地势沿革图。葛氏的地图，是专从无脊动物的分配上研究得来的。然而他所表示的海陆变迁，恰与布氏理论上所要的条件相合。即此一端，愈觉人类起源中亚之说可靠。

布氏第三步立论，多为他个人的理想，待证实的点颇多。现在我们在此似乎不必详论。

读书与读自然书

导读

本章中作者提出了我们对于读书应持有的态度和方法。阅读文章，说一说，什么是“自然书”？“读书”与“读自然书”又有什么区别？作者对“读自然书”抱持着怎样的态度？读完后，你有什么心得体会吗？

什么是书？书就是好事的人用文字或特别的符号或兼用图画将天然的事物或著者的理想（幻想、妄想、滥想都包含在其中）描写出来的一种东西。这个定义如若得当，我们无妨把现在世界上的书籍分作几类：（甲）原著，内含许多著者独见的事实，或许多新理想、新意见，或二者兼而有之。（乙）集著，其中包罗各专家关于某某问题所搜集的事实，并对于同项问题所发表的意见，精华从聚、配置有条，著者或参以己见，或不参以己见。(丙)选著，择录大著作精华，加以锻炼，不遗要点，不失真谛。(丁)写著，拾取他人的唾余，敷衍成篇，或含糊塞责，或断章取义。窃著者，名曰书盗。假若秦皇再生，我们对于这种窃著书盗，似不必予以援助。各类的书籍既是如此不同，我们读书的人应该注意选择。

什么是自然？这个大千世界中，也可说是四面世界中所有的事物都是自然书中的材料。这些材料最真实，它们的配置最适当。如若世界有美的事，这一大块文章，我们不能不承认它再美不过。可惜我们的机能有限，生命有限，不能把这一本大百科全书一气读完。如是学“科学方法”的问题发生，什么叫作科学的方法？那就是读自然书的方法。

“读万卷书，行万里路”。阅读书籍之余，我们也要多出去观察、探索大自然，多读一读“自然书”。

书是死的，自然是活的。读书的功夫大半在记忆与思索(有人读书并不思索，我幼时读四子书就是最好的一个例子)，读自然书种种机能非同时并用不可，而精确的观察尤为重要。读书是我和著者的交涉，读自然书是我和物的直接交涉。所以读书是间接的求学，读自然书乃是直接的求学。读书不过为引人求学的头一段功夫，到了能读自然书方算得真正读书。只知道书不知道自然的人名曰书呆子。

世界是一个整体，各部彼此都有密切的关系，我们硬把它分成若干部，是权宜的办法，是对于自然没有加以公平的处理。大家不注意这种办法是权宜的，是假定的，所以嚷出许多科学上的争论。杰文斯说经济恐慌源于天象，人都笑他，殊不知我们吃一杯茶已经牵动太阳倒没有人引以为怪。

我们笑腐儒读书，断章取义咸引为戒。今日科学家往往把他们的问题缩小到一定的范围，或把天然连贯的事物硬划作几部，以为把那个范围里的事物弄清楚了的时候他们的问题就完全解决了，这也未免在自然书中断章取义。这一类科学家的态度，我们不敢赞同。

我觉得我们读书总应竭我们五官的能力（五官以外还有认识的能力与否，我们现在还不知道）去读自然书，把寻常的读书当作读自然书的一个阶段。读自然书时我们不可忘却我们所读的一字一句（即一事一物）的意义，并视全节全篇的意义，否则成一个自然书呆子了。

阅读小挑战

一、判断

1.地球的形状是一个圆圆的球体。 （ ）

2.《进化论》是生物学家达尔文所写的一部著作。 （ ）

3.我们是通过向下挖掘才知道了地壳的厚度。 （ ）

4.人类是由猿类演化而来的。 （ ）

5.我国的煤炭资源非常丰富，我们不需要省着用。 （ ）

二、填空

1. 我国中东部地区分为南方和北方，它们的分界线是________和________。

2. 地球上海洋面积广阔，海洋占地球总面积的________，全球总共有四个大洋，它们分别是________、________、________和________。

三、选择

1. 恐龙主要生活在（ ）时代。

A.奥陶纪 B.寒武纪 C.侏罗纪 D.第四纪

2. 地壳的平均厚度最接近（ ）。

A.1千米 B. 20千米 C. 100千米 D. 200千米

3. 光年是一种（ ）单位。

A.时间 B.距离 C.重量 D.面积

4. 以下哪种能源会产生污染？（ ）

A.煤炭 B.水能 C.风能 D.太阳能

5. 人类使用最久的燃料是( )。

A.木柴 B.煤炭 C.石油 D.天然气

四、思考

1. 阅读“读书与读自然书”一文，试着比较一下读书和读自然书的相同点与不同点。

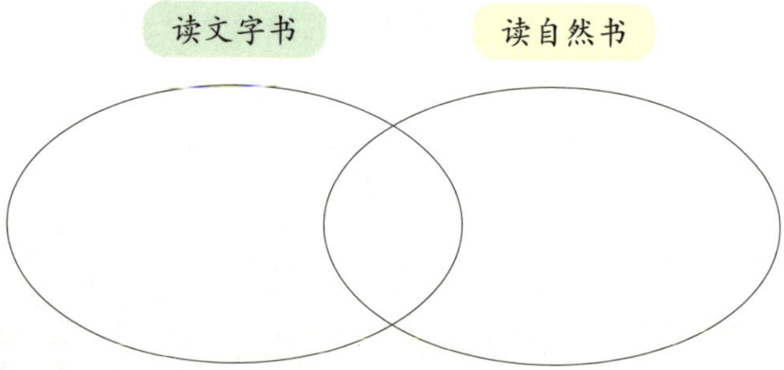

2. 地震的破坏力非常强，能摧毁房屋、桥梁等建筑，造成重大的人员和财产损失。查阅相关资料，总结一下，生活中我们应该如何预防地震，保护自己。当发生地震时，在以下场景时你应该如何做？

在学校时：

....

....

在家中：

....

....

在户外：

....

....